Christian Wehrschütz

Mein Journalistenleben

zwischen Darth Vader
und Jungfrau Maria

edition keiper

www.editionkeiper.at

2. Auflage November 2022

Lektorat: Maria Ankowitsch

Covergestaltung, Layout und Satz: textzentrum graz

Koordination Herstellung: MB Druckbetreuung

Druck: Finidr

ISBN 978-3-903322-65-3

Bildmaterial:

Coverfoto: Christian Wehrschütz (Selfie)

Fotos: ORF-Büro Belgrad und ORF-Büro Kiew, mit Ausnahme der Fotos S. 180, 181, 234 und 238 (Privatarchiv Fam. Wehrschütz) sowie S. 191 (Facebook-Account Christian Wehrschütz)

Zeitungsausschnitte: Kronen Zeitung, S. 21 und S. 22; Kurier, S. 116 und S. 118; Der Österreichische Journalist, S. 139

Wir danken für die freundlichen Abdruckgenehmigungen.

Das Land Steiermark
→ Kultur, Europa, Sport

GRAZ

Christian Wehrschütz

Mein Journalistenleben

zwischen Darth Vader und Jungfrau Maria

Dieses Buch widme ich meiner Enkelin Emilia, meinen beiden Töchtern Michaela und Immanuela sowie meiner Gattin Elisabeth. Ohne ihre Geduld, ohne ihr Verständnis und ohne ihre Liebe hätte ich die Herausforderungen meines Lebens als Auslandskorrespondent auch in Kriegsgebieten nie so meistern können, wie mir das bisher gelungen ist.

Inhalt

Vorwort

Liebe Leserin! Lieber Leser!

Eine Fernsehdokumentation und ein Beitrag für eine Nachrichtensendung in Radio oder Fernsehen haben trotz völlig unterschiedlicher Längen eines gemeinsam: Auf der Strecke bleibt in beiden Fällen die Geschichte hinter der Geschichte, weil nur in den seltensten Fällen erzählt werden kann, wie der Beitrag zustande kam und was der Journalist und sein Team bei der Gestaltung unter oft sehr schwierigen oder gefährlichen Rahmenbedingungen alles erlebt haben. Dieser Geschichte hinter der Geschichte ist dieses Buch gewidmet, und zwar in der Form auch anekdotenhaft gestalteter Kapitel, die daher nicht chronologisch gelesen werden müssen. Auf die Bandbreite des in mehr als zwanzig Jahren als Korrespondent am Balkan und in der Ukraine Erlebten weist bereits der Untertitel des Buches hin: »Zwischen Darth Vader und Jungfrau Maria«. Der Titel bezieht sich nicht nur auf meine private KRIEG DER STERNE-Verbindung – meine Familie und ich haben seit Erscheinen des ersten Teils 1999 jeden Film im Kino immer gemeinsam angesehen und zu Hause auch die allerersten Filme nachgeschaut. Daraus ergab sich auch unsere besondere Verabschiedung, die meine beiden Töchter noch heute zu mir sagen, bevor ich wieder das Land verlasse: »Möge die Macht mit dir sein.« Dieses kleine, aber besondere Ritual erleichtert mir den Abschied dann doch ein wenig. Aber auch politisch spielte Darth Vader eine Rolle bei meiner Arbeit. Bei der Parlamentswahl in der Ukraine im Jahre 2015 trat die »Internetpartei« an, deren Spitzenkandidat im

Kostüm des Darth Vader aus den Science-Fiction-Filmen Krieg der Sterne um Stimmen warb. Ihn habe ich in Begleitung einiger Soldaten der Sturmtruppen in Kiew beim Besuch eines Einkaufszentrums begleitet und natürlich interviewt (siehe Foto oben). Das Gesicht hinter der Maske war damals ein wohlgehütetes Geheimnis, und so warteten wir Journalisten am Wahltag gespannt, ob der Mann hinter der Maske seine Identität preisgeben werde. Im Stimmlokal zeigte Darth Vader dem Mitglied der Wahlkommission so abgeschirmt wie möglich seinen Personalausweis, doch das genügte der Kommission nicht, die die Abnahme der Maske verlangte. Dazu war der Mann vor laufenden Kameras nicht bereit und durfte daher auch nicht wählen. Die Partei selbst verschwand dann nach einigen Jahren völlig von der politischen Bildfläche. Was es mit der Jungfrau Maria auf sich hat, werde ich in einem eigenen Kapitel erläutern.

Meine Arbeit als Korrespondent wäre in all den Jahren nicht möglich gewesen ohne meine treuen Mitarbeiterinnen und Mitarbeiter. Dazu zählen meine zwei Sekretärinnen in Belgrad und Kiew, die von der Buchhaltung bis hin zur Reiseplanung viele logistische Aufgaben zu bewältigen hatten und haben. Hinzukommen meine Produzenten in den Ländern des Balkan und der Ukraine, die mir bei der Auswahl von Gesprächspartnern behilflich und durch ihre Vernetzung wichtige Quellen sind, wenn es um die Einschätzung der Lage in einem meiner Zielländer geht. Eine zentrale Rolle spielen alle Kameraleute, mein Cutter aus Belgrad, mit dem ich die meisten Beiträge schneide, und meine beiden Fahrer am Balkan und in der Ukraine, deren Ortskenntnisse und Kontakte es mir vor allem in der Ostukraine erst ermöglicht haben, gefährliche Einsätze erfolgreich zu bestehen. Zu Beginn des Krieges im Jahr 2014 habe ich mich zunächst gewundert, warum man in vielen Werkstätten rund um die Uhr Reifen wechseln kann. Nach mehr als zehn »Patschen« (Platten) allein in diesem Jahr auf den damals besonders schlechten Straßen in der Ostukraine stellte sich diese Frage nicht mehr. Fahrer, und dazu zählen vielfach Kameraleute, sind nicht nur in Krisengebieten von entscheidender Bedeutung, weil sie sicherstellen, dass das gesamte Team wieder wohlbehalten nach Hause kommt. Meine Mitarbeiterinnen und Mitarbeiter habe ich daher gebeten, für dieses Buch ihre Eindrücke über unsere langjährige Zusammenarbeit zu schildern. Das Nachwort hat meine jüngere Tochter Immanuela verfasst.

Als Korrespondent kann nur erfolgreich bestehen, wer sich auf unterschiedliche Kulturen und Mentalitäten einzustellen vermag; dazu gehört die Kenntnis von Sprache und Geschichte der Zielländer, eine Voraussetzung, die allzu oft missachtet wird. Ein wichtiger Teil meiner Arbeit besteht in der Übersetzung von Interviews, die ich in den Staatssprachen meiner Zielländer führe; wie seriös diese Aufgabe Korrespondenten bewältigen können, die der Sprachen ihrer Länder nicht mächtig sind, ist mir unklar – ganz abgesehen vom Verlust nonverbaler Kommunikation durch das mangelnde Verständnis der betreffenden Fremdsprache. Hinzu kommt, dass Übersetzer nicht immer zuverlässig und gut sind. Äußerst kritisch bewerte ich den Einsatz von »Stringern« (Lokalreportern), sprich von Journalisten, die aus ihren Heimatländern für ausländische Medien berichten; dasselbe gilt für den Einsatz von Personen mit »Migrationshintergrund« in vielen Medien. In all diesen Fällen gibt es in der Regel nicht nur eine Prägung durch das Elternhaus; es besteht auch die Möglichkeit, dass in autoritären oder totalitären Regimen Druck auf Freunde und/oder Verwandte dieser Person ausgeübt wird, der eine unabhängige Berichterstattung beeinflussen kann. Um derartige Gefahren zu vermeiden, müss(t)en die Medienhäuser aber bereit sein, mehr Geld und Zeit in die Ausbildung von Journalisten generell zu investieren! In meinem Fall bestand jedenfalls die beste Vorbereitung in der guten Ausbildung, die ich als Reserveoffizier des Bundesheeres erhalten habe. Russisch und Ukrainisch sprach ich bereits, und die Sprachen meiner Länder auf dem Balkan habe ich Zug um Zug erlernt.

Christian Wehrschütz am Skanderbeg-Platz in Tirana

Für mich war und ist die innere Distanz und damit eine nüchterne und objektive Betrachtungsweise stets das oberste Gebot für die Berichterstattung über meine Zielländer. Irren ist bei aller Gewissenhaftigkeit menschlich, doch Einseitigkeit und Parteilichkeit sind inakzeptabel. In diesem Sinne postuliert Martin Wagner in seinem Buch *Auslandskorrespondent/in* völlig zutreffend: »Doch ein Korrespondent hat seinen Beruf verfehlt, wenn er sich zum Anwalt einer Sache – und sei es die vermeintlich oder tatsächlich gute – macht. Wer das will, soll bei ›Amnesty International‹ mitarbeiten.«

Bestrebt war ich jedoch gerade bei der Berichterstattung über den Krieg in der Ostukraine, das Leben der Menschen auf beiden Seiten der Frontlinie darzustellen. Die weitgehende Gleichgültigkeit der Konfliktparteien dem Schicksal dieser Bewohner gegenüber zählt zu den negativen Erfahrungen, die ich in der Ukraine machen musste. Missachtet wird, was Otto von Bismarck vor mehr als 150 Jahren in einer Rede im preußischen Landtag sagte: »Es ist leicht für einen Staatsmann, sei es im Kabinette, sei es in der Kammer, mit dem populären Winde in die Kriegstrompete zu stoßen und sich dabei an seinem Kaminfeuer zu wärmen oder von dieser Tribüne donnernde Reden zu halten und es dem Musketier, der auf dem Schnee verblutet, zu überlassen, ob sein System Sieg und Ruhm erwirbt oder nicht. Es ist nichts leichter als das, aber wehe dem Staatsmann, der sich in dieser Zeit nicht nach einem Grunde zu

Kriegen umsieht, der auch nach dem Kriege noch stichhaltig ist.«
Mein zweiter Grundsatz als Auslandskorrespondent entstammt dem ABC des militärischen Führungsverfahrens für kleinere Einheiten und gilt für alle Länder: »Der Kommandant führt von vorne und isst als Letzter.« Ob bei der militärischen Auseinandersetzung in Südserbien, beim Krieg in Nordmazedonien oder in der Ostukraine – stets haben meine Teams und ich alle Gefahren gemeinsam geteilt und gemeinsam entschieden, wie weit wir gehen können; das schafft Vertrauen, das wiederum unerlässlich für ein erfolgreiches Arbeiten ist.
Mein besonderer Dank gilt meinen Zuhörern und Zusehern in Radio und Fernsehen sowie meinen Freundinnen und Freunden auf den sozialen Netzwerken. Durch Aufmunterungen, Anregungen und Kritik haben sie mich über all die Jahre hinweg begleitet und unterstützt. Anfragen und höflich vorgebrachte Kritik habe ich stets beantwortet, weil ich mir bewusst bin, dass ein Korrespondent des ORF immer den Informationsauftrag im Auge zu behalten hat. Für mich ist der ORF ein Dienstleistungsunternehmen in öffentlichem Auftrag. Twitter nutze ich nur wenig, denn diese äußerst kurze Darstellungsform dient viel zu oft der Beschimpfung und leistet den »schrecklichen Vereinfachern« Vorschub, die missachten, wie komplex unsere Welt geworden ist.

Mein schärfster und wichtigster Kritiker über all die Jahre hinweg ist mein Lebensmensch, meine Gattin Elisabeth! In den Gott sei Dank doch seltenen Fällen, in denen sie mit einem Beitrag, einem Aufsager, einer Liveschaltung oder der Farbe meiner Haube unzufrieden war, läutete sofort nach der Sendung das Telefon; obwohl die Kritik zunächst meist sehr gefühlsbetont vorgetragen wurde, war sie stets sehr wertvoll, weil sie von Herzen kam. Dazu zählen der gesunde Menschenverstand und viele gute Anregungen von Elisabeth, die etwa bei der Vorbereitung von Beiträgen sehr hilfreich waren. Im Jahr 2014, dem intensivsten Jahr meiner mehr als zwanzig Jahre währenden Tätigkeit als Auslandskorrespondent, war ich nur zwanzig Tage (!) zu Hause. Doch auch in den meisten Jahren davor war ich etwa sechs Monate pro Jahr auf Dienstreise außerhalb von Belgrad, wobei sich die Reisetätigkeit durch die Ukraine noch verstärkt hat. Meine Gattin trug daher in vielen entscheidenden Jahren die Last der Erziehung unserer Töchter und war auch noch bereit, meine lange Abwesenheit zu akzeptieren. Nicht leicht für meine Kinder zu ertragen war während des Mazedonien-Krieges die Standardfrage der Lehrer, die auch heute noch von vielen Personen gestellt wird: »Hast du keine Angst um deinen Papa!?« Über meine gefährlichsten Einsätze wusste meine Familie ebenso wenig Bescheid wie die Führung des ORF, die wohl

dagegen gewesen wäre; eingeweiht waren nur zwei, drei Kollegen, denen ich gesagt hatte, dass der ORF ein Problem haben werde, sollte ich mich binnen 24 Stunden nicht wieder telefonisch melden.
Zu Dank verpflichtet bin ich meinem Arbeitgeber ORF, der mich all die Jahre in meinen Zielländern belassen und im Jahr 2014 entschieden hat, ein Büro in Kiew zu eröffnen, das ich gemeinsam mit dem Balkan-Büro in Belgrad leite. Kritiker des ORF und der Gebührenfinanzierung sollten bedenken, dass eine gesicherte langfristige Finanzierung nicht nur ein Garant für Unabhängigkeit, sondern auch dafür ist, ein wirklich gut ausgebautes Korrespondentennetz zu finanzieren, das eine österreichische Sichtweise auf die Weltpolitik bietet.
Meinen Leserinnen und Lesern wünsche ich spannende und entspannende Momente mit diesem Buch, das der Öffentlichkeit an meinem Beispiel auch die Arbeit eines Auslandskorrespondenten näherbringen soll.

Kiew/Belgrad/Salzburg im Sommer 2022

Christian Wehrschütz

Mit Einheimischen in Tirana

Auf dem Gemüsemarkt

Christian Wehrschütz im Flugzeugmuseum in Belgrad (mit einer F16)

Im Restaurant

Besuch in einer Fassbinderei

Der Buchliebhaber im Paradies

Christian Wehrschütz in einer Menschenmenge in Mariupol

Christian Wehrschütz am Bazar in Kruja, Albanien

»Kronen Zeitung«, 29. Mai 2022

In der Ukraine als Agent des Kremls diffamiert

ORF-Mann bangt um sein Leben

Foto: picturedesk.com

Christian Wehrschütz

BERICHT SEITEN 8/9

Donnerstag, 27. Dezember 2018 € 1,20

Kronen Zeitung

UNABHÄNGIG

Burgenland

krone.at Ausgabe Nr. 21.080

Wien 1190, Muthgasse 2, 05 7060-0

Abonnement-Service: 05 7060-600

ÖVP WILL MOBILISIEREN

Kampf um Stimmen für die Europawahl

SEITEN 2/3

POLIZEI SCHLÄGT ALARM

Millionenschaden durch „Neffentrick“

IM BRENNPUNKT, SEITEN 16/17

UNGARISCHE BOTSCHAFT

Verkehrs-Offensive wird weiter forciert

SEITEN 34/35

Das Jahr 2019 wird rockig, bunt & laut

Elton John, KISS, Metallica, Bon Jovi, P!nk, Rammstein, Ed Sheeran und noch viele mehr: 2019 wird als eines der stärksten Jahre in die heimische Konzertgeschichte eingehen – und sicher ist: Da ist für jeden etwas dabei! Die „Krone“ liefert einen großen Überblick über die Highlights im kommenden Konzertjahr. SEITEN 42/43

EISENSTADT

Unfall-Drama auf Schutzweg: Rentner (60) niedergestoßen

Statt zu helfen, gab der Täter einfach Vollgas und überfuhr dabei auch noch einen Welpen.

SEITE 33

TENNIS

Thiem startet in die neue Saison

Dominic Thiem feierte mit seiner Freundin Kiki Weihnachten in Dubai, heute schlägt er bei einem Show-Turnier in Abu Dhabi auf.

BERICHT IM SPORT

ANZEIGE

SALE -30 % AUF AUSGEWÄHLTE PRODUKTE PALMERS

»Kronen Zeitung«, 27. Dezember 2018

Wie alles begann[1]

Es war einmal vor vielen, vielen Jahren …

… und zwar am 23. Dezember 1999. Am Vorabend des Weihnachtsfestes klingelte das Telefon; am Apparat war der damalige Erste Sekretär der jugoslawischen Botschaft in Wien: »Herr Wehrschütz, ich freue mich, Ihnen mitteilen zu können, dass Ihnen das Visum für die Tätigkeit als ORF-Korrespondent in der Bundesrepublik Jugoslawien erteilt worden ist. Das Visum ist drei Monate gültig.«
Für mich war dieser Anruf das schönste Geschenk zu diesen Weihnachten, hatte doch damit das bange Warten ein Ende. Denn meinen Entsendevertrag als Leiter für das ORF-Büro in Belgrad hatte ich bereits im Frühherbst nach dem Ende meiner dreimonatigen Einschulung im ORF-Büro in Brüs-

---

1 Einige Textstellen habe ich aus meinem ersten Buch übernommen, das 2009 im Molden Verlag erschienen ist. Das Buch trägt den Titel »Im Kreuzfeuer: Am Balkan zwischen Brüssel und Belgrad«. Keines meiner drei ersten Bücher trägt, abgesehen von diesem einen Kapitel, autobiografische Züge; das ist das einzige Kapitel, daher auch die Anlehnung, weil ich den Beginn meiner Tätigkeit als Korrespondent eben nicht anders schildern kann als er sich abgespielt hat. Anders gesetzt habe ich die Akzente.

sel unterschrieben. »Rest-Jugoslawien«, das damals noch aus Serbien und Montenegro bestand, hatte der Westen mit massiven politischen und wirtschaftlichen Sanktionen belegt. Im Gegenzug war es für Journalisten aus Ländern der EU nicht so einfach, ein Arbeitsvisum zu bekommen. Mir kam da ausgerechnet die Lage zugute, in der sich Österreich nach der Bildung der ÖVP-FPÖ-Regierung in der EU befand. In Anlehnung an die sowjetische Breschnew-Doktrin über die beschränkte Souveränität sozialistischer »Bruderstaaten« hatten führende EU-Staaten die »Brüssel-Doktrin« ins Leben gerufen und Österreich mit Sanktionen belegt. Daher begegnete man mir in Belgrad mit einem gewissen Wohlwollen, weil man in mir – in Verkennung der gravierenden Unterschiede – als Vertreter einer Institution aus Österreich einen gewissen Leidensgenossen sah.

Mein beruflicher Lebenstraum war es, Auslandskorrespondent zu werden, und nun stand meinem journalistischen Traumberuf nichts mehr im Wege. Einziger gravierender Wermutstropfen war, dass ich meine Familie in Wien zurücklassen musste. Die politische Lage in Serbien unter Slobodan Milosevic war einfach zu unsicher und die Lebensumstände in Belgrad waren – erst recht nach dem NATO-Krieg in der ersten Jahreshälfte 1999 – viel zu schwierig, um meine Familie mitnehmen zu können, wobei es

für meine beiden Töchter auch keine adäquaten Bildungseinrichtungen gab. Außerdem dachte damals keiner von uns im Traum daran, dass meine Entsendung so viele Jahre dauern würde und der Balkan sowie in weiterer Folge die Ukraine zu meinen Schicksalsregionen werden würden.
Auf die Herausforderungen für die Familie war ich noch weniger vorbereitet als auf die beruflichen, kam mir doch meine gediegene Ausbildung beim Bundesheer bei der Planung schwieriger Einsätze zugute. Meine Familie und ich verbrachten noch schöne Feiertage, wobei die Wochen danach durch die Vorbereitungen im ORF geprägt waren. Doch schließlich kam der Tag der Abreise!
Ich erinnere mich noch, als wäre es gestern gewesen: Der 14. Februar 2000 war der Beginn einer Reise durch die »Schluchten des Balkan«, die nicht nur bis heute andauert, sondern im Jänner 2014 auch noch um die Ukraine erweitert wurde. Es war aber nicht nur der Tag der Abreise, sondern auch der Geburtstag meiner älteren Tochter Michaela. Wir, Michaela, meine jüngere Tochter Immanuela und meine Gattin Elisabeth, frühstückten gemeinsam und feierten den 18. Geburtstag meines Valentinstag-Kindes. Danach fuhr ich ins ORF-Zentrum auf den Küniglberg, holte 40.000 DM und – mit viel berechtigtem Bauchweh – den VW-Transporter und fuhr gegen 11 Uhr los – Belgrad entgegen.

Und eine Reise begann, die mein Leben grundlegend verändern und in eine völlig unerwartete Richtung lenken sollte.

Die 40.000 DM brauchte ich aus demselben Grund, wie ich auch die Benzinkanister brauchte. Serbien war wegen der Politik seines Autokraten Slobodan Milosevic nach langen Jahren des Zauderns und Zögerns von der UNO mit spürbaren Sanktionen belegt worden. Sie ließen sich zwar umgehen, wurden auch umgangen und machten viele Zwischenhändler und Schmuggler enorm reich, ruinierten langsam, aber sicher das Land und erschwerten das Alltagsleben massiv. Wegen der Sanktionen gab es in Serbien nur eine einzige westliche Bank, aber trotzdem keinen direkten, regulären internationalen Zahlungsverkehr mit dem Westen. Also brauchte ich Geld, denn in Serbien galt die Devise: »Nur Bares ist Wahres« – und das war nicht der Dinar, sondern die Deutsche Mark, mit der ich zu rechnen lernte wie mit dem Schilling.
Die Kanister brauchte ich, weil auch ein Öl-Embargo galt und weil ich nicht sofort auf geschmuggelten und gepanschten Treibstoff angewiesen sein wollte. Wie ich sofort nach meiner Ankunft feststellen sollte, boten Händler diesen minderwertigen Treibstoff auf den Straßen in allen möglichen Ein- und Zwei-Liter-Flaschen an.

Das ist einer der großen Unterschiede zwischen Belgrad vor mehr als zwanzig Jahren und der Ukraine im Kriegsjahr 2022: Auch in der Ukraine herrscht eine Knappheit an Treibstoff, und je nach Tankstelle bekommt man nur bis zu zehn Liter Benzin oder Diesel; diese Abgaben sind aber zeitlich beschränkt und erst etwa nach drei Stunden darf man wieder bei derselben Firma tanken. Ganz selten kann man seine Kanister vollfüllen. Ich habe jedoch das Glück, Fahrer und Produzenten zu haben, denen es immer wieder gelingt, einen vollen Tank zu bekommen. Hinzu kommt, dass sich ab April 2022 die Versorgung mit Treibstoff weitgehend normalisiert hat.

Doch zurück ins Jahr 1999 und zu den Reisevorbereitungen für Belgrad. Der damalige Mitarbeiter vor Ort war keine große Hilfe; die Kollegen im ORF-Zentrum waren sehr hilfsbereit, hatten aber noch weniger Ahnung und Vorstellungen von Einsätzen in Krisengebieten als ich. Das zeigte sich bei dem Auto, das mir der ORF zur Verfügung stellte. Das Auto brauchte ich, weil es wegen der Sanktionen keinen Flugverkehr zwischen Wien und Belgrad gab; wie hätte ich sonst Kanister und Gepäck transportieren und das Geld nach Serbien schmuggeln sollen? Das Fahrzeug bereitete mir ein beträchtliches Unbehagen. Entgegen meinen Bitten und Ratschlägen hatte mir mein fürsorgliches Unternehmen einen fast nagelneuen VW-Transporter

gegeben, der nur 2000 Kilometer auf dem Tacho hatte. Für alle Autodiebe, die es damals in Serbien in noch weit größerer Zahl gab als heute, war dieser Transporter ein Objekt der Begierde erster Ordnung. Daher fuhr ich mit dem Auto praktisch nie; bei einem der wenigen Male parkte ich das Fahrzeug vor dem Gebäude im Bezirk Senjak, das meinem Vorgänger als Büro und Wohnung gedient hatte. Als ich aus dem Auto etwas holen wollte, ließ sich der Wagen nicht mehr starten, und ich bemerkte einen gescheiterten Diebstahlsversuch. Zum Glück für mich hatte ich die Diebe nicht auf frischer Tat ertappt!
Ich rief mein Drehteam an, das sofort kam; wir schleppten das Auto zu einer Werkstatt, doch das nötige Ersatzteil war nicht lagernd; die Lieferung würde mehrere Wochen dauern. Daher schleppten wir das Fahrzeug in den Hof der Botschaft, wo es monatelang stand, ehe das Ersatzteil eintraf. Nach dem Sturz von Slobodan Milosevic am 5. Oktober 2000 brachte ich den VW-Transporter wohlbehalten nach Wien zurück. Gut gemeint war auch in diesem Fall das Gegenteil von gut.

Abenteuerliche Momente hatte nicht nur mein Aufenthalt in Belgrad, denn ich musste eine Wohnung suchen und serbischen Handwerkern klarmachen, dass ich – trotz meiner damals noch nur rudimentären Kenntnisse der serbischen Sprache – kein

Greenhorn war, das sich über den Tisch ziehen ließ. Diese Bezeichnung traf eher auf die Reiseplanung an sich zu, doch ich war eben fast völlig auf mich allein gestellt und hatte in dem Mitarbeiter in Belgrad einen nicht nur als Ratgeber nicht besonders einsatzfreudigen Mann an der Seite; die Zusammenarbeit überdauerte daher den Sturz von Slobodan Milosevic um nur wenige Monate.

Als Reiseroute nach Belgrad wählte ich den Weg über Graz, und zwar aus zwei Gründen: Erstens wollte ich noch kurz meine Eltern besuchen, die in Graz wohnen. Zweitens waren die Straßen über Slowenien und Kroatien besser als über Ungarn, obwohl auch der Ausbau der Autobahnen in den beiden ehemaligen jugoslawischen Teilrepubliken noch sehr zu wünschen übrig ließ. Trotzdem gab es ausgebaute Autobahnteilstücke, vor allem von Agram Richtung serbische Grenze und dann durchgehend auf serbischer Seite bis nach Belgrad. Diese Autobahn war noch unter Tito gebaut worden und trug ursprünglich den Namen »Brüderlichkeit und Einigkeit« (Bratstvo i Jedinstvo), von der im ehemaligen Jugoslawien nichts mehr übrig geblieben war. Andererseits gab es von der ungarischen Grenze bis Belgrad nur eine Bundesstraße und eine Halbautobahn. Diese Straßen galten als sehr unfallreich, und daher wollte ich die für mich völlig unbekannte Strecke in der Dämmerung oder gar am Abend vermeiden. Erwartet wurde ich zwischen 18 und 20 Uhr in einem Hotel in Belgrad, und zwar von unserem damaligen Produzenten; seine Mobilnummer hatte ich dabei, und er war zu diesem Zeitpunkt mein einziger Ansprechpartner in Serbien.

Die Fahrt bis Agram verlief problemlos. Doch je weiter ich auf der Autobahn gegen Serbien fuhr, desto unsicherer wurde ich; auf der gesamten Strecke gab es kein einziges Verkehrsschild mit der Aufschrift »Belgrad«. Dafür wiederholten sich Straßenschilder mit der Aufschrift »Lipovac«. Diesen Ort konnte ich auf der Straßenkarte nicht finden. Schließlich endete die Autobahn bei Slavonski Brod und mündete in eine Art Bundesstraße, die rechts und links immer dichter von Wäldern gesäumt wurde. Hin und wieder gab es Warnschilder vor Minen entlang der Straße, auf der ich völlig allein unterwegs war.

Langsam begann es auch zu dämmern, und mir wurde etwas mulmig zumute. Ich drehte um, fuhr einige Kilometer wieder Richtung Agram, doch nirgends fand ich eine Menschenseele, die ich nach dem Weg hätte fragen können. Schließlich drehte ich wiederum um und beschloss, so lange zu fahren, bis ich auf einen Hinweis stoßen würde, der über Lipovac hinausreichte. Schließlich kam ich zum Grenzübergang Bajakovo/Batrovci zwischen Kroatien und Serbien; vom Reiseziel Belgrad war ich also nur etwas mehr als einhundert Kilometer entfernt.

Der Übergang war – von Zöllnern und Polizisten abgesehen – ebenfalls völlig leer. Die Beamten auf serbischer Seite waren von meinem Erscheinen deutlich überrascht. Die Überprüfung meines Visums auf serbischer Seite dauerte fast eine Dreiviertelstunde. Dann durfte ich passieren; neunzig Minuten später war ich in Belgrad, und meine Arbeit als Korrespondent in einem Land ohne moderne technische Infrastruktur konnte beginnen.
Auf der Autobahn von Agram nach Belgrad findet man bis heute die erste Aufschrift mit der Bezeichnung »Belgrad« erst etwa sechzig Kilometer vor der serbischen Grenze; ansonsten steht bei der Ausfahrt aus Agram bis heute nur »Lipovac«; das veranlasste in den ersten Jahren nach Milosevic immer wieder Reisende, uns an Raststätten anzusprechen, da wir ein Belgrader Autokennzeichen hatten. Die Frage war stets, ob das wohl der richtige Weg nach Belgrad sei.

Christian Wehrschütz im »alten« Büro in Belgrad

In der serbischen Hauptstadt befanden sich Büro und Wohnung in einer Villa im Nobelbezirk Senjak. Die Telefonzentrale des Bezirks soll zu diesem Zeitpunkt noch aus den 1930ern gestammt haben. Der Zugang zum Inter-

net war ein Glücksspiel und für jeden komplexeren Radiobeitrag musste einen Tag im Voraus ein Studio bei Radio Belgrad angemietet werden. Außerdem lag die Villa viel zu weit weg vom Zentrum, um als Journalist wirklich rasch reagieren zu können. Ich musste daher ein neues Büro mit einer ISDN-Leitung und eine andere Wohnung suchen, mit einem Wort: den ORF in Belgrad gänzlich restrukturieren.
Ich begann mit dem Aufräumen, weil das Büro seit dem NATO-Krieg im März 1999 praktisch verwaist war. Alle Mietverträge auf Deutsch und Serbisch zu verhandeln, war auch eine sprachliche Herausforderung. Doch dank meiner fließenden Russisch- und Ukrainisch-Kenntnisse machte ich auch beim Lernen der serbischen Sprache rasch Fortschritte und mein Jus-Studium half mir bei den Verhandlungen obendrein. In Serbien habe ich mit einem Serben nie ein Interview in englischer oder deutscher Sprache geführt; obwohl ich zu Beginn meine Gesprächspartner sprachlich an ihre serbischen Gastarbeiter in Österreich erinnert haben muss, freuten sie sich sehr über mein Bemühen. Fremdsprachen lernt man nur durch ständiges Üben, die Scheu vor Fehlern erschwert die Fortschritte, und scheu bin ich in meinem Leben wirklich nie gewesen.

Bis zum Frühsommer waren Wohnung und Büro bezogen. Wir kamen im Stadtzentrum als Untermieter bei der privaten Nachrichtenagentur BETA unter, die eine der wenigen ISDN-Leitungen in Belgrad ihr Eigen nennen konnte. So waren wir endlich für eine westlichen Standards entsprechende Berichterstattung gerüstet.

Büro und Wohnung in der Kralja Milana 10

Als in Belgrad und Serbien die Revolution ausbrach, hätte ich wohl kaum die Aufständischen bitten können, mit dem Umsturz einen Tag zu warten, bis wir entsprechende Leitungen für eine Berichterstattung bestellt hätten. Letzten Endes berichteten wir für Radio und Fernsehen eine Woche lang praktisch rund um die Uhr; mehr als drei Stunden Schlaf pro Tag gab es nicht. Doch zu diesem Zeitpunkt hatte ich die schwierigsten organisatorischen Herausforderungen bereits gemeistert. Dazu zählte, dass ein Visum zunächst nur für eine Einreise und Ausreise gültig war; wollte ich zurück nach Österreich, so musste ich jedes Mal ein neues Visum beantragen. Das zweite Problem war privater Natur; wegen des Flugembargos des Westens war Belgrad nur auf dem Landweg zu erreichen; das war neben allen anderen Ungewissheiten keine tragbare Option für meine Familie. Ihr erster Besuch fand daher erst im Mai statt, nachdem die internationale Gemeinschaft das Flugembargo aufgehoben hatte. Die Nervosität meiner drei Damen war also sehr groß, weil Belgrad und Serbien damals ähnlich populär waren wie zu Kriegszeiten Kiew, Bagdad oder Kabul. Das tat der Wiedersehensfreude keinen Abbruch; sie ist in den mehr als zwanzig Jahren meiner Tätigkeit als Korrespondent nie geringer geworden. Mein Beruf kann wirklich nicht als familienfreundlich bezeichnet werden – auch daher bin ich meiner Gattin und meinen beiden Töchtern so unendlich dankbar, dass sie es weiter mit mir »aushalten«.

5. Oktober 2000: Der Fall von Milosevic, Revolution vor dem Parlament

5. Oktober 2000: Der Fall von Milosevic, Christian Wehrschütz berichtet live

5. Oktober 2000: Der Fall von Milosevic, die Massen demonstrieren vor dem brennenden Parlament

5. Oktober 2000: Der Fall von Milosevic, Stimmzettel wirbeln durch die Luft

Christian Wehrschütz Ende Oktober 2022 in seinem Büro in Belgrad

Mein Fazit lautet nun rückblickend nach mehr als zwanzig Jahren: Ich wurde ins Wasser geworfen, und man überließ es mir zu zeigen, ob ich schwimmen kann oder nicht. Schwimmen konnte ich – allerdings viel mehr wegen meines Charakters, meiner Erziehung und meiner guten Ausbildung als Offizier des Bundesheeres. Fast 15 Jahre später fiel mir dann das »Schwimmen« am Maidan in Kiew sowie beim Krieg in der Ostukraine und nun im Ukraine-Krieg dank meiner Erfahrungen vom Balkan viel leichter. Andererseits gab mir das Verhalten meines Arbeitgebers aber auch eine große Gestaltungsfreiheit, die ich bisher stets zur Zufriedenheit des ORF und mit

Erfolg genutzt habe. Ich kenne ein Handbuch für Auslandskorrespondenten, das »Neulingen« in diesem Beruf den Einstieg erleichtern soll. Doch Ausland ist nicht gleich Ausland, weil die Gegebenheiten in Brüssel und Berlin ganz andere sind als in Belgrad oder Kiew, von Krisen und Kriegen ganz zu schweigen. Wer das Glück hat, alte Hasen in diesem Beruf zu kennen, soll sie fragen; sie werden ihm helfen, Fehler zu vermeiden – nach dem Motto: »Ratschläge muss man weitergeben, selbst befolgt man sie nie!«

11. Dezember 2000: Mit Zoran Djindjic im Wahlkampf. Djindjic war der Stratege hinter dem Oppositionsbündnis, das am 5. Oktober 2000 zum Sturz von Slobodan Milosevic führte. Im März 2003 wurde Djindjic von einem Scharfschützen ermordet. Sein Tod änderte den Verlauf der Geschichte Serbiens und des Balkan.

»Die Sünde ihrer Mutter«: Schauspieler in Serbien für einen Tag

»Greh njene majke – Die Sünde ihrer Mutter« lautet der Titel eines Romans, den Milica Jakovljevic (Pseudonym Mir-Jam) im Jahr 1976 verfasste und das staatliche serbische Fernsehen RTS 2009 verfilmte. Die Geschichte beginnt vor dem Zweiten Weltkrieg. Heldin ist das junge Mädchen Neda, eine Vollwaise, die sich in der Welt behaupten muss und herausfinden will, was ihre Mutter einst getan hat und warum Neda nun für die Sünde ihrer Mutter bezahlen muss.

In der ersten Episode der Serie gibt es eine Szene, in der ein Direktor eines Pensionats und einer Erziehungsstätte für höhere Töchter in Wien die Eltern zu einem Klavierabend begrüßt, den diese Mädchen geben. Für die Rolle des Direktors suchte RTS einen Mann in den besten Jahren mit deutscher Muttersprache – und fand mich! Den Vertrag als Schauspieler für einen Tag unterschrieb ich Ende Juni 2009. Mein Honorar betrug umgerechnet etwa 100 Euro inklusive Diäten für einen Tag und Kostümprobe. Gedreht wurde am 20. Juli 2009 in der Stadt Sremski Karlovac in einem alten Gebäude aus der Zeit der K.u.K.-Monarchie, dem Gymnasium der Stadt, das mit einem großen Saal das passende Ambiente für einen Klavierabend bot. Nachdem ich mich umgezogen hatte, bekam ich einen Zettel, auf dem mein Text in serbischer Sprache stand. »Bitte übersetze den Text«, sagte der Regisseur, der mir auch zeigte, wo ich als Direktor der Erziehungsanstalt für höhere Töchter zu sitzen und was ich zu tun hatte. Ich übersetzte rasch die zwei, drei Sätze, lernte sie spielend auswendig und wartete auf meinen Einsatz. Beim zweiten Anlauf war das Team zufrieden und die Szene im Kasten – und RTS sehr zufrieden. Weitere Rollenangebote bekam ich bisher ebenso wenig wie einen Oscar, doch wer weiß, vielleicht findet sich ja unter den Lesern dieses Buches noch ein Agent, der mir weitere tragende Rollen verschaffen kann.

20. Juli 2009: Christian Wehrschütz als Schauspieler

»Da müsste ich jetzt sein!«

Die Rückkehr in die Ukraine, die Krim und die Hochzeit

Um die Jahreswende 2013/14 verfolgten meine Gattin und ich eine ZEIT IM BILD 1, für die ein Kollege in Wien aus Agenturmaterial einen Beitrag über die Demonstrationen am Maidan in Kiew gegen Präsident Viktor Janukowitsch gestaltet hatte, die bereits etwa einen Monat dauerten. »Da müsste ich jetzt sein!«, sagte ich wehmütig zu meiner Gattin – schließlich sprach ich als ausgebildeter Militärdolmetscher nicht nur fließend Russisch, sondern auch Ukrainisch, hatte die Ukrainische Sommerschule an der Harvard Universität in den USA absolviert und zwischen 1992 und 1998 in vielen Landesteilen gelebt. Doch für die Ukraine war das ORF-Büro in Moskau zuständig, und ich war eben der Balkan-Korrespondent mit Sitz in Belgrad, eine Funktion, die ich bis heute gemeinsam mit dem Büro in Kiew mit großer Leidenschaft ausübe.

Doch die Demonstrationen in Kiew dauerten an, während in Russland die Olympischen Spiele in Sotschi stattfanden. In Kiew war weiterhin keiner meiner Kollegen präsent, und so erhielt ich am Nachmittag des 22. Jänner 2014 in Belgrad einen folgenschweren Anruf; am Telefon war meine sehr geschätzte Kollegin Gudrun Gutt:

»Chefredakteur Fritz Dittlbacher hat sich an ein Gespräch mit dir in Brüssel vor vielen Jahren über die Ukraine erinnert; daher weiß er auch, dass du Ukrainisch sprichst. Der Chefredakteur möchte, dass du ab morgen deine Sprachkenntnisse am Maidan in Kiew anwendest.«

Natürlich sagte ich sofort zu. Meine Sekretärin in Belgrad organisierte die Flüge von Belgrad über Wien nach Kiew und ein Zimmer im Hotel Ukrajina direkt am Maidan. Ich packte meine Sachen, und dann begann eine lange Nacht. Vierzehn Jahre war ich nicht in der Ukraine gewesen, daher waren meine damaligen Kontakte völlig veraltet. Ich telefonierte mit einigen Freunden in Österreich, von denen ich wusste, dass sie Kontakte hatten, natürlich auch mit der Botschaft in Kiew, schließlich brauchte ich auch einen verlässlichen Fahrer. Die Ukraine war seit dem Ende der sogenannten »Orangen Revolution« (erster Maidan im Jahre 2004) journalistisch ein Stiefkind; unser Büro in Moskau hatte nur sehr wenige brauchbare Kontakte zu möglichen Interviewpartnern, daher war ich praktisch auf mich selbst gestellt. Gegen zwei Uhr in der Früh waren meine Vorbereitungen abgeschlossen; die Nacht war kurz, aber der Adrenalinschub groß, und so gegen 14 Uhr Ortszeit war ich dann im Hotel. Zunächst sollte ich für das Fernsehen nur Live-Einstiege machen, hatte also noch keinen eigenen Kameramann. Für das Radio galt es auch Berichte zu gestalten, weil das mit dem Laptop und den entsprechenden Schnittprogrammen kein Problem war. Am Maidan sprach ich mit vielen Demonstranten und mir wurde rasch klar, dass sich die Stimmungslage grundlegend gewandelt hatte.

3. Februar 2014: Interview mit Demonstranten, Maidan, Kiew

Was als Protest dagegen begonnen hatte, dass Präsident Janukowitsch unter russischem Druck das Assoziierungsabkommen mit der EU nicht unterzeichnet hatte, war zu einer Bewegung gegen den

Präsidenten geworden. Die EU stand nur mehr im Hintergrund, es dominierte die Unzufriedenheit mit Korruption und Misswirtschaft. Ziel war nunmehr der Sturz des Präsidenten. Mit dessen Partei und Kabinett gelang es mir ebenfalls, Kontakte zu knüpfen, die mir ein weit differenzierteres Bild eröffneten, als es die gängige Maidan-Berichterstattung bot, die – wie so oft in Konflikten – von einem einseitigen Gut-Böse-Schema gekennzeichnet war. Auf die politische Dimension der Revolution will ich in diesem Zusammenhang nicht eingehen, weil es um das Leben eines Journalisten geht; doch habe ich dazu eine TV-Dokumentation gestaltet, die wie alle meine anderen Filme auf meiner Homepage (www.wehrschuetz.at) zu sehen ist.

3. Februar 2014: Interview mit Demonstranten, Maidan, Kiew

31. Jänner 2014: Interview mit Demonstranten, Maidan, Kiew

Am Maidan war es im Winter oft bitterkalt. Am 31. Jänner hatte ich zeitweise für einige Stunden bereits einen Kameramann; wir drehten gerade die Proteste, als mein Mobiltelefon läutete. Am Apparat war meine jüngere Tochter Immanuela: »Papa, ich möchte dir mitteilen, dass Stephan und ich beschlossen haben zu heiraten. Du hast noch genügend Zeit für deine Ukraine-Berichterstattung, weil die Hochzeit erst am 10. März am Mondsee stattfinden wird.« Doch der Mensch denkt und Gott lenkt! Denn nach dem Sturz von Viktor Janukowitsch und seiner Flucht am 22. Februar überstürzten sich die Ereignisse. Fünf Tage später, am 27. Februar, begann der Umsturz auf der Krim unter Einsatz der »kleinen grünen Männchen«, russischer Soldaten ohne

Hoheitsabzeichen, die auf der Halbinsel stationiert waren. Mein nächster Einsatzort war somit die Krim, auf die ich am 1. März fliegen sollte. Die logistischen Herausforderungen waren noch größer als zu Beginn meiner Ukraine-Mission. Die Halbinsel war in den Jahren davor kaum ein Thema gewesen, die wenigen vom Büro in Moskau gemailten Kontakte waren auch wegen der Umbruchsituation wertlos, und ich hatte unseren Kameramann aus dem Moskau-Büro nur für zwei Tage zur Verfügung. In Kiew waren alle Kameraleute ausgebucht. Somit nutzte ich meine Mitgliedschaft im Rotary Club »Belgrad Sava«, denn Rotarier gab es damals auch auf der Krim. Sie fanden für mich ein Drehteam und bestellten mir auch ein Hotelzimmer.

Eine besondere Herausforderung war das Geld. Einerseits war unklar, wie lange ich auf der Krim noch mit Kreditkarten würde zahlen können, andererseits brauchte ich Bargeld für die Bezahlung des Teams, das pro Tag einige Hundert Euro kostete. Ich hatte viel zu wenig Euro. Überweisen war keine Option, weil das Geld viel zu spät eingetroffen wäre und nur in der lokalen Währung behoben werden konnte. Nach mehrmaligen Telefonaten mit dem ORF in Wien und der Österreichischen Botschaft in Kiew half mir der Botschafter, der mir einige Tausend Euro übergab, die der ORF rücküberweisen würde.

Am 1. März landeten wir am frühen Nachmittag in Simferopol; der Flughafen war natürlich bereits in der Hand der »grünen Männchen«. Ich nahm sofort Kontakt mit den Rotariern und dem neuen Kamerateam auf, und nach der Abreise unseres Moskauer Kameramanns waren wir trotzdem voll einsatzbereit, wobei ich nun auch über ein Netzwerk verfügte. Generell waren mir in allen meinen Ländern die Kontakte über Rotarier-Klubs sehr nützlich, um Verbindungen aufzubauen und mir einen ersten Überblick über die Lage zu verschaffen.
Auch von der Krim berichteten wir rund um die Uhr – und der Hochzeitstermin rückte immer näher.

Berichterstattung von der Krim:
1 Grenzgebiet zur Krim
2 Militärbaracken
3 Sevastopol

Die Lage auf der Halbinsel spitzte sich immer mehr zu, daher war unklar, wie und in welcher Weise ich nach der Hochzeit wieder würde zurückkehren können. Bei den Vorbereitungen dazu griff ich auf meine Erfahrungen aus dem Mazedonien-Krieg zurück; damals gab es keine Akkreditierungen für Journalisten, und jedes Mal, wenn uns die Polizei überprüfte, sagten wir, wir würden in Zusammenarbeit mit dem mazedonischen Journalistenverband Beiträge über das enorme touristische Potenzial des Landes und über die umfassenden Rechte der nationalen Minderheiten drehen. Die Polizei wusste, dass das gelogen war, gab sich aber damit zufrieden. Daher ging ich vor meinem Abflug aus Simferopol zum Journalistenverband der Krim und ließ mir ein Dokument ausstellen, das mir offiziell die Zusammenarbeit des ORF auf den Gebieten des Tourismus und des Minderheitenschutzes bescheinigte. Das Wichtigste an dem Papier war der Stempel, wobei seine Bedeutung weit über die Krim hinausreicht und auch die gesamte Ukraine und den Balkan umfasst.

Am 9. März flog ich nach Österreich und behob vom ORF 5000 Euro für den weiteren Einsatz auf der Krim; am 10. März fand die standesamtliche Trauung am Mondsee statt, weil meine Familie damals bereits in Salzburg lebte. Ich war zutiefst gerührt, als ich meine Immanuela in ihrem wunderschönen

Brautkleid in den Festsaal des Schlosses führen durfte. Etwas getrübt wurde die festliche Stimmung vielleicht dadurch, dass sich der Standesbeamte mehr für mich als für das Brautpaar interessierte. Wunderschön war die Festtafel, bei der ich nach meiner Rede dem Brautpaar einen kleinen ukrainischen Hetman-Stab überreichte, den meine Tochter blitzartig ergriff.

Am 11. März am Vormittag war ich bereits wieder am Flughafen in München, weil ich über Kiew nach Simferopol zurückfliegen wollte. Knapp vor dem Boarding rief mich meine Sekretärin aus Belgrad an, dass der Flughafen der Krim-Hauptstadt geschlossen worden sei. In Windeseile buchten wir einen Flug von Kiew in die Hafenstadt Odessa, denn Züge verkehrten von dort nach wie vor auf die Halbinsel. Mein Team auf der Krim hatte einen Bekannten in Odessa, der mich abholte und zum Bahnhof fuhr. Dort ergatterte ich die buchstäblich letzte Fahrkarte für den Nachtzug nach Simferopol, allerdings musste ich in einem Zweier-Abteil schlafen. Der Mitreisende war noch nicht da; diese Zeit nutzte ich, um das Geld in meine Socken und andere eher schwer zugängliche Körperstellen zu stopfen. Nur etwa 500 Euro behielt ich in der Hosentasche. Der Mitreisende stellte sich als ehemaliger Offizier der sowjetischen Luftwaffe heraus, der auf der Krim lebte und ein sehr angenehmer Zeitgenosse war. An der damals administrativen Grenze kam der kritische Augenblick, weil der Zug bereits von Angehörigen russischer Sondereinheiten kontrolliert wurde. Ich zeigte meinen Pass, der das Mitglied der Sondereinheit nicht wirklich zufriedenstellte. Was wollte ein Österreicher auf der Krim? Da präsentierte ich das Dokument des Journalistenverbandes mit Stempel. Der Offizier fragte nur: »Sind Sie Journalist?« – »Ja«, antwortete ich, »österreichisches Staatsfernsehen«, weil die Beziehungen zwischen Wien und Moskau damals sehr gut waren. Problemlos ließ man mich weiterreisen, und am Vormittag des 12. März 2014 konnte mich mein Team wohlbehalten am Bahnhof der Krim-Hauptstadt in Empfang nehmen. Am 16. März fand dann das sogenannte Referendum über den Anschluss der Krim an Russland statt, weitere fünf Tage später verließ ich die Halbinsel in Richtung Kiew. Mit Glück und Geschick war es mir gelungen, Berichterstattung und Hochzeit unter einen Hut zu bringen.

Fotos rechte Seite:
Frühjahr 2014: Christian Wehrschütz im Ukraine-Einsatz
(von oben nach unten: am Maidan in Kiew,
mit seinem Fahrer Igor Krilew, am Flughafen von Donezk)

ORF

TV
TV

TV

McDonalds, Flughafen-Wickeltische und Casinos als ORF-Büros

Die moderne Technik, und da wiederum vor allem das Internet und das Smartphone, und ihre Anwendungsmöglichkeiten haben die Flexibilität eines Journalisten massiv erhöht. Hinzu kommt, dass viele private Unternehmen schon über sehr gute WLAN-Verbindungen verfügen. So überspielte ich eine Audiodatei über den Besuch von Erzbischof Lackner an meinen Cutter in Belgrad von einer McDonalds-Filiale in Polen aus (siehe Fotos). Gelesen habe ich den Text im Auto des Erzbischofs am Parkplatz, damit es keine störenden Nebengeräusche gab. Dieses Problem ist auch auf Flughäfen sehr massiv, weil es dort kaum Orte der Stille gibt. Doch es gibt Örtchen der Stille, und dazu zählen Toiletten für Behinderte und Wickelräume. Beide sind praktisch, weil sie mehr Platz bieten, um den Laptop abstellen und das Mikrofon anstecken zu können. Während der Migrationskrise des Jahres 2015 und unserem langen Einsatz an der Grenze zwischen Griechenland und Nordmazedonien nutzte ich auch ein Spielcasino, um fertige Radio- und TV-Beiträge überspielen zu können. Daher, lieber Leser, aufgepasst! Sollte Ihnen einmal auf einem Flughafen oder Bahnhof ein Journalist aus einem Wickelraum entgegenkommen, wissen Sie nun den plausibelsten Grund – außer der Kollege hält statt der Laptoptasche ein Baby im Arm.

»Wo sitzen Sie ein?«

»Informative Gespräche« mit Polizei und Staatssicherheit

Drei Mal wurde ich im Laufe meiner Tätigkeit als Korrespondent bisher verhaftet. Das erste Mal in Serbien zu Beginn meiner Laufbahn in der Endphase der Ära des Autokraten Slobodan Milosevic. Wir drehten den Wahlkampf für das Amt des jugoslawischen Präsidenten im Sommer 2000 und wollten im Raum Smederevo eine Kundgebung des Gegenkandidaten der »Demokratischen Opposition« (DOS), Vojislav Kostunica, filmen.

30. August 2000: Auf dem Weg nach Smederevo, um eine Kundgebung zu filmen

30. August 2000: Das Stahlwerk Smederevo

Auf dem Weg dorthin kamen wir beim größten Stahlwerk Serbiens vorbei, das damals stillstand und verfallen wirkte. Ich bat mein Team, einige Einstellungen zu drehen, um Bilder zu haben, die den Niedergang des Landes darstellen konnten. Das Kamerateam fiel dem Wächter am Tor auf, der ziemlich unhöflich war. Gegen den Rat meines Teams pochte ich auf unsere Akkreditierung und das Recht, Außenaufnahmen zu machen. Als wir wieder im Auto saßen, sagte mein Kameramann: »Nun wird bald die Polizei kommen!« Was ich zunächst nicht glauben wollte, geschah! Nur wenige Hundert Meter weiter hieß es: »Papiere, bitte mitkommen!« Statt zur Kundgebung kamen wir auf ein Wachzimmer der Staatssicherheit, die uns alle drei getrennt einvernahm, um unsere Aussagen besser vergleichen zu können. Als Ausländer wurde ich gefragt, ob ich einen Dolmetscher brauchte, was Gott sei Dank auch damals nicht mehr nötig war, sonst hätten wir noch viel mehr Stunden sitzend verbracht. Ich durfte meine serbischen Zeitungen lesen, wobei ich während der Einvernahme einmalige Einblicke in den Verfall Serbiens bekam. Computer gab es keine, geschrieben wurde das Protokoll auf einer alten Schreibmaschine. Die Möbel waren verschlissen, keine Personalvertretung der österreichischen Polizei hätte sich derartige Büros bieten lassen. Gegen 22 Uhr wurden wir entlassen und konnten nach Belgrad zurückfahren. Meine Lehre daraus war, künftig das Reden meinem Team zu überlassen und selbst zurückhaltend zu sein, jedenfalls so lange, bis ich mit allen regionalen Gegebenheiten gut vertraut war.

10. August 2001: Zerstörter Lkw mazedonischer Soldaten

Die zweite Verhaftung erfolgte während des Mazedonien-Krieges im Sommer 2001. Ein Lkw mazedonischer Soldaten war auf eine Mine aufgefahren oder durch Beschuss zerstört worden. Wir wollten zum Ort des Geschehens, der hinter einer Kleinstadt lag, doch die aufgebrachte mazedonische Bevölkerung, die alle westlichen Teams ohnehin als Sympathisanten der Albaner ansah, ließ uns ebenso wenig zum Ort der Tragödie wie die Polizei. So drehten wir am Stadtrand nur einige Bilder, um wenigstens nicht mit leeren Händen nach Haus zu kommen. Darüber muss ein Bewohner die Polizei informiert haben, die uns auf ein Wachzimmer brachte. Erschwerend kam hinzu, dass mein Kameramann ein Albaner aus Mazedonien war. In der Regel drehten wir die mazedonische Seite immer mit einem Mazedonier und die albanischen Aufständischen immer mit einem albanischen Kamerateam, um Konflikte und Verdächtigungen zu vermeiden. Doch dieses Mal hatte ich keine Zeit, den Kameramann zu wechseln, und so saß der jun-

10. August 2001: Live-Bericht mit dem zerstörten Lkw im Hintergrund

ge Bursche getrennt von mir in einem Wachzimmer fest. Wieder konnte ich die Frage nach einem Dolmetscher verneinen, doch nach der Einvernahme ließ man uns »dunsten«, und nichts geschah. Die Zeit verging, und ich fürchtete schon, den vereinbarten Beitrag für die ZIB 1 nicht abliefern zu können. Daher rief ich die österreichische Botschaft in Skopje an, denn merkwürdigerweise hatte man uns die Mobiltelefone gelassen. Den Botschafter erreichte ich nicht am Handy, wohl aber seine Mitarbeiterin, der ich die Lage schilderte. Wenig später bekam ich eine SMS des Botschafters, die nur aus vier Worten bestand, die ich bis heute nicht vergessen habe: »Wo sitzen Sie ein?« Ebenfalls per SMS schrieb ich die genaue Adresse auf, und einige Zeit danach wurden wir mit der Begründung freigelassen, wir seien anständige Journalisten, weil wir – zufälligerweise – am Tag zuvor den mazedonischen Innenminister interviewt hatten. Der Beitrag für die ZIB 1 war gerettet, doch Bilder von der Kriegstragödie in den Bergen um Skopje gab es nicht, weil sich die mazedonische Seite damals nicht darauf verstand, ihre eigene Sache an Journalisten auch entsprechend zu »verkaufen«.

Die dritte Verhaftung erfolgte im Sommer 2014 in der prorussischen Rebellenhochburg Donezk in der Ostukraine. Damals war ich höchst selten in Österreich, um meine Familie zu sehen und Bargeld für das Bezahlen des Drehteams in der Ostukraine zu beheben. An einem Sonntag war ich auf dem Rückweg nach Donezk; um Zeit zu sparen, hatte ich meinen Kameramann Wassili in Donezk gebeten, einige Bilder von stillstehenden Kohlezechen außerhalb der Stadt zu drehen. In der Regel bin ich bei Dreharbeiten immer mit dabei, doch sogenannte Schnittbilder, wie etwa Aufnahmen von einer Stadt, können erfahrene Kameraleute auch selbst drehen. Das spart Zeit, denn als Korrespondent habe ich zum Beispiel meine Interviews zu übersetzen oder zu recherchieren. Etwa hundert Kilometer von Donezk entfernt versuchte ich Wassili telefonisch zu erreichen, um zu fragen, wie der Dreh gelaufen und ob alles in Ordnung sei. Doch auf keinen meiner vielen Anrufe erhielt ich eine Antwort, und meine Sorge wurde immer größer.

Schließlich traf ich gegen 20 Uhr im Hotel in Donezk ein, wobei mir das Verhalten der Rezeptionistin bereits etwas merkwürdig vorkam. Im Zimmer kam ich gerade noch dazu, meine ukrainischen Ausweise und das Geld im Safe zu verstauen, da klopfte es an der Tür. »Ministerium für Staatssicherheit«, sagte der Mann, der sich auswies und sofort ins Zimmer trat, um sich davon zu überzeugen, dass ich allein war. »Bitte kommen Sie mit.« Ich folgte ihm, und beim Hinausgehen aus dem Hotel beglei-

tete mich noch das besorgte Gesicht der Rezeptionistin, ehe wir dann in ein Auto stiegen, in dem ein weiterer Beamter saß.
Im Büro des Ministeriums für Staatssicherheit fiel mir zunächst ein Stein vom Herzen, denn dort saß gesund und unversehrt mein Kameramann Wassili. Wie er mir später erzählte, war er bei seiner Rückfahrt vom Dreh bei der Überprüfung an einem Kontrollposten plötzlich festgesetzt und unsanft behandelt worden. Sein Motorrad wurde abgestellt, er selbst musste in ein Auto einsteigen, und ihm wurde eine Kapuze über den Kopf gezogen, damit er den Weg zurück nach Donezk und zur Staatssicherheit nicht sehen konnte. Insbesondere die Kapuze war eine absurde und sinnlose Maßnahme, denn Wassili stammte aus Donezk und kannte natürlich den Weg sowie den Ort, wo die Behörde ihren Sitz hatte.
All das wusste ich an diesem späten Abend noch nicht; wichtig war, dass der Kameramann unversehrt war; das Protokoll seiner Einvernahme lag auf dem Tisch; natürlich las ich es. Wir hatten nichts zu verbergen, daher ließ ich auch die Einvernahme gelassen über mich ergehen, bei der ich nach den Gründen für den Dreh und unsere Arbeit gefragt wurde. Anschließend setzte eine Staatsanwältin noch ein Protokoll auf. So gegen 23 Uhr bestiegen zwei Beamte, darunter der, der mich abgeholt hatte, die Staatsanwältin, mein Kameramann und

ich ein Auto der Staatssicherheit, das mich schließlich zum Hotel brachte. Als mich die Rezeptionistin wieder sah, standen ihr Tränen in den Augen, und sie umarmte mich wie einen verloren geglaubten Freund.

Die Episode in Donezk fand dann zwei Tage später auch für den Kameramann noch ein glückliches Ende. Wir fuhren zum Kontrollposten, wo Wassili verhaftet worden war, stellten uns vor und fragten, ob das Motorrad noch da sei. Unberührt stand es beim Posten samt Helm und Handschuhen, sodass auch keine materiellen Verluste zu beklagen waren.

Bleibt nur noch festzustellen, dass sich in Donezk, in Serbien und in Nordmazedonien alle Beamten von Polizei und Staatssicherheit meinem Team und mir gegenüber immer korrekt und höflich verhalten haben.

Zimmer 316:
Das Leben im Donbass Palace

Als ich zum ersten Mal im Sommer 1992 zu einem Russischkurs in Donezk war, kennzeichneten die ostukrainische Industriestadt die Abraumhügel des Bergbaus, vor allem der Kohleindustrie, sowjetische Tristesse im Stadtbild sowie heruntergekommene Hotels. Als ich im Februar 2014 zur Berichterstattung zurückkehrte, hatte sich die Stadt grundlegend verändert. Die luxuriösen Geschäfte im Zentrum sowie der Vergnügungspark und das mit ihm verbundene Einkaufszentrum »DonCiti« waren ein Konsumtempel vor allem für die reiche Oberschicht von Donezk, die dort alle westlichen Luxusmarken erstehen konnte. Geprägt war die Stadt vor allem durch einen Oligarchen, durch Rinat Achmetow, dem reichsten Mann der Ukraine. Seinen Pressesprecher, Jock Mendoza-Wilson, ein Schotte mit Humor und hoher Professionalität, fragte ich, welches Hotel er mir empfehle: »Donbass Palace, da sind Sie ganz im Zentrum, treffen viele interessante Leute und das Internet ist ausgezeichnet.«

Wenig überraschend war Rinat Achmetow Eigentümer des Hotels, das 2012 ein Zentrum für die Durchführung der Fußballeuropameisterschaft war, die damals nur zwei Jahre zurücklag. Alle drei

Beschreibungen seines Pressesprechers stimmten, und so schlief ich zum ersten Mal in Zimmer 316, in drittem Stock des Hotels, mit einem Balkon und Ausblick auf die zentrale Straße und den Lenin-Platz, den zentralen Platz der Stadt (siehe Foto).

Im Hotel verkehrten auch die Legionäre des Fußballklubs »Schatar Donezk«, der ebenfalls Achmetow gehörte; einer von ihnen war ein Kroate, mit dem ich durch meine Sprachkenntnisse näher ins Gespräch kam. Doch je größer die politische Krise wurde und je näher der Krieg rückte, desto einsamer wurde auch das Leben im Donbass Palace. Zuerst blieben die Fußballer aus, dann die Geschäftsleute, dann der internationale Direktor, den eine lokale Geschäftsführerin ersetzte, und schließlich war ich im Sommer 2014 der einzige Gast unter damals noch achtzig Mitarbeitern. Im Grunde wurden wir zu einer Familie, und die Fürsorge der Beschäftigten und ihre Bereitschaft zu Pflichterfüllung vom Stubenmädel über die Kellnerin bis hin zum verbliebenen Management war vorbildlich. Durch ukrainischen Beschuss hatten die Stadt und das Hotel zwar wiederholt Probleme mit der Wasserversorgung, doch das Internet funktionierte weiter ausgezeichnet, und ich konnte alle Beiträge für das Fernsehen von Zimmer 316 aus überspielen, die wir auch im Zimmer schnitten.

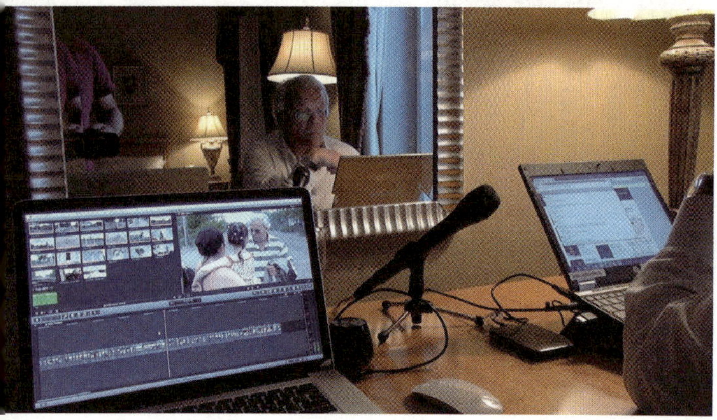

Natürlich zeigte sich auch am Beispiel des Hotels die wachsende Russifizierung des Donbass, die die Führung in Kiew unter Präsident Petro Poroschenko im Februar 2017 durch die Wirtschaftsblockade massiv beschleunigte. Donezk und Lugansk enteigneten daraufhin alle noch im Eigentum von Ukrainern stehenden Betriebe, und aus dem Donbass Palace wurde das »Erste Hotel der Republik«, in Anlehnung an die sogenannte Volksrepublik von Donezk, deren Fahne auf dem Dach des Hotels aufgezogen wurde. Der russische Rubel ersetzte zunehmend die ukrainische Währung Griwna, und auch meine Besuche wurden seltener, weil aus dem Bewegungskrieg ein Stellungskrieg geworden war und wegen Migrationskrise und Brexit das mediale Interesse zwangsläufig zurückging. Einen weiteren Schlag versetzte der Berichterstattung dann die Corona-Pandemie, nicht nur wegen des komplett neuen Fokus, sondern auch weil die Kontrollposten an der 450 Kilometer langen Waffenstillstandslinie praktisch geschlossen waren; daher war auch ich fast zwei Jahre lang nicht in diesen Teilen der Ostukraine, wobei eine Berichterstattung aus Donezk durch mein Team weiter möglich war, nicht aber aus Lugansk, das bei Einreisen noch viel restriktiver war. Meine vorläufig letzte Reise von Mariupol nach Donezk fand Ende November 2021 statt; der ukrainische Kontrollposten war an sich für alle Reisenden offen, doch es gab kaum Personenverkehr, weil Donezk nur wenige Zivilisten, und das nur zwei Mal pro Woche, durchließ. Dazu zählte ich, wobei ich an beiden Kontrollposten vom jeweiligen Geheimdienst nach den Zielen meiner Dienstreise befragt wurde. Die Fragen waren fast deckungsgleich, was ich auch anmerkte, als ein junger Offizier im Beisein seines älteren Kommandanten auf Donezker Seite wissen wollte, was mich die ukrainischen »Kollegen« gefragt hätten. Die Freude im Hotel, mich nach so langer Zeit wiederzusehen, war groß, und natürlich bezog ich wieder mein Zimmer 316. Ich habe noch immer einen Koffer in diesem Hotel und hoffe, dass vielleicht einmal wieder die Gelegenheit bestehen wird, zurückzukehren. Alle politischen und militärischen Entwicklungen und Änderungen ändern nichts daran, dass für mich Donezk stets eine Stadt in der Ostukraine bleiben wird.

Christian Wehrschütz im Donbass Palace, Zimmer 316

Gefahren, Strapazen und Gottes Hand

Beim Polizeieinsatz gegen Bernstein-Wäscher

Ich ahnte, dass es eine lange, unbequeme Nacht werden sollte im September 2016, doch ob sich das Warten lohnen würde, war ungewiss. Gegen 23 Uhr trafen wir uns auf einer Landstraße in einem Wald im Kreis Rivne mit Beamten der ukrainischen Sonderpolizei. Vereinbarungsgemäß blieb mein Fahrer zurück, nur der Kameramann und ich stiegen in eines der beiden geländegängigen Fahrzeuge um, die mit für uns unbekanntem Ziel in den Wald fuhren. Schließlich parkten wir so gegen Mitternacht; die Polizisten geboten uns, leise zu sein; Flüstern war erlaubt, Schlafen in den unbequemen Sitzen des Geländewagens kaum möglich. Gegen fünf Uhr graute der Morgen, die Spannung stieg – würden sie kommen, die Männer, die illegal Bernstein waschen, um ihn dann über Polen in die Welt zu verkaufen, wobei damals China ein großer Abnehmer war?

Tatsächlich – sie kamen, gingen zu einem schlammigen Becken auf einer Lichtung im Wald, warfen den Motor an und begannen, mit einem Schlauch Bernstein herauszuwaschen. Die Polizisten hielten noch eine kurze Einsatzbesprechung ab, dann schlichen wir uns an, wie ich es von Karl May bis zum Bundesheer gelernt hatte. Blitzschnell erfolgte der Zugriff unter Warnschüssen; nur wenige Sekunden lagen mein Kameramann und ich im Gras, dann rannten wir hinterher, den spektakulären Einsatz filmend. Ein Polizist riss einen Mann vom Moped, der damit fliehen wollte, die anderen verhafteten und fesselten die Männer, die ebenso wie der Motor und die Pumpe in einen Geländewagen verfrachtet wurden.

Fotos auf dieser Doppelseite:
September 2016: Polizeieinsatz gegen Bernstein-Wäscher im Kreis Rivne

Dann hieß es schleunigst Fersengeld geben, weil Bernsteinwaschen in dieser armen Region kein

»Volkssport«, sondern eine zentrale Quelle für den Lebensunterhalt war. Zu überwinden galt es noch eine kleine Baumsperre, dann waren wir wieder auf einer asphaltierten Straße – und hinter uns plötzlich zwei jugendliche Verfolger auf Motorrädern. Ich saß hinter dem Beifahrer, der eine Kalaschnikow im Arm hatte. Der fahrende Polizist sagte nur kurz: »Die hinter uns brauchen ein Zeichen!« Der Beifahrer hielt seine Waffe aus dem geöffneten Fenster und gab einige Warnschüsse ab. Die Motorradfahrer verschwanden, eine Patronenhülse fiel zu mir nach hinten – bis heute habe ich sie als Souvenir in meinem Büro in Kiew, als Erinnerung an eine Exklusivgeschichte, für die sich die Nachtwache wahrlich gelohnt hatte.

Schützenpanzerwagen statt Hirsch

Wer in Österreich durch bewaldetes Gelände fährt, sieht oft Verkehrszeichen, die vor Wildwechsel warnen. Wer wie wir Anfang November 2016 mit OSZE-Beobachtern aus Österreich im Zwischengelände zwischen den Fronten auf der Linie Mariupol-Donezk unterwegs war, musste mit Überraschungen ganz anderer Art rechnen, für die es keine Warnschilder gab. Wir fuhren als drittes Auto mit unserem Pkw hinter zwei gepanzerten OSZE-Fahrzeugen

5. November 2016: Gepanzerte OSZE-Fahrzeuge zwischen den Fronten auf der Linie Mariupol-Donezk

eine Art Feldweg entlang, als wenige Meter vor dem ersten Auto ein Schützenpanzerwagen der russischen Separatisten aus dem Gebüsch hervorbrach und in Richtung ukrainischer Seite zu schießen begann.

Eine mögliche Antwort wollten wir nicht abwarten und machten daher sofort kehrt. Trotzdem war mein Kameramann kaltblütig und rasch genug, das schießende Fahrzeug zu filmen. Noch kaltblütiger waren die beiden OSZE-Beobachter des österreichischen Bundesheeres, die nicht nur die Type des Fahrzeuges genau bestimmten, sondern auch noch mitzählten, wie viele Schüsse abgefeuert worden waren. Einige Minuten später befanden wir uns auf halbwegs sicherem Gelände, und die OSZE-Beobachter gaben ihre Meldung an das regionale Hauptquartier in der Hafenstadt Mariupol durch. Der ORF wiederum hatte spektakuläre Bilder, die eben nur entstehen, wenn man so nahe wie möglich am Geschehen ist.

Vom Anschiss über Mozartkugeln zur Exklusivgeschichte

Am 7. März 2015 waren wir, mein Fahrer und Produzent, mein Kameramann aus Donezk und ich, wieder einmal im sogenannten damaligen »Niemandsland« zwischen den Fronten unterwegs. Wir hatten gerade ohne größere Probleme einen Kontrollposten der prorussischen Freischärler passiert und fuhren auf einer schlechten, nichtasphaltierten Straße mit vielen Furchen und Löchern dahin, als uns ein entgegenkommendes Auto rüde zum Anhalten zwang. Der Fahrer entpuppte sich als ein Söldner aus einem zentralasiatischen Land, der offenbar eine höhere regionale Funktion innehatte und meinem Fahrer Igor gehörig auf die Nerven ging. Igor ist im Umgang mit Bewaffneten an Kontrollposten an sich der diplomatischere von uns beiden, denn ich greife schnell zu einem schärferen Ton, wenn wir an ein und demselben Posten zum »hundertsten Mal« bis auf das letzte Dokument kontrolliert werden.

Damals war es jedoch umgekehrt; die Stimmung zwischen Igor und dem Freischärler wurde immer gereizter, und ich sah uns bereits wieder gezwungen, den Weg zurückzufahren, den wir gekommen waren, anstatt zum geplanten Drehort zu gelangen. Ich sitze stets neben dem Fahrer; daher stieß ich Igor in die Rippen und riss das Gespräch an mich, indem ich meine Rolle als Chef des Teams und Journalist hervorstrich. Ich bat aussteigen zu dürfen, stellte mich vor und streckte dem Mann meine Hand hin, mit dem Vorschlag eines Neubeginns. Ein Handschlag ist nicht nur ein körperlicher Kontakt, sondern auch der Beginn für eine gemeinsame menschliche Ebene. Wir kamen ins Gespräch, und der Freischärler beklagte sich über die einseitige Berichterstattung vieler Medien, die eine Dämonisierung der prorussischen Kräfte betrieben. In Wahrheit seien er und seine Männer hier durchaus bestrebt, der lokalen Bevölkerung zu helfen. »Auf welche Weise?«, fragte ich. »Morgen

werden im Dorf Kominternovo unter Vermittlung und Aufsicht der Sondermission der OSZE Pioniere der ukrainischen Streitkräfte Blindgänger räumen, damit die Bevölkerung sicherer leben kann. Ich lade euch ein, morgen dabeizusein. Wir haben dieser Räumung zugestimmt«, sagte der Söldner der sogenannten Volksrepublik von Donezk.
Mit großem Interesse nahm ich das Angebot an. Die Stimmung hatte sich spürbar entspannt, und wir begannen, auch zivilere Themen zu erörtern. Der Mann erzählte mir, dass er bereits an verschiedenen Kriegsschauplätzen als Söldner im Einsatz war, um seine Familie daheim zu ernähren, wobei ich nicht mehr weiß, aus welchem Land Zentralasiens er stammte. Seine Frau sei ebenfalls hier in der Ostukraine, fügte der Freischärler hinzu. Da ging ich zum Auto, nahm ein Säckchen mit Mozartkugeln und übergab es meinem Gesprächspartner als Geschenk an seine Frau, schließlich sei morgen der 8. März, der Internationale Frauentag, der vor allem in ehemals kommunistischen Ländern große Bedeutung hat.
Am nächsten Tag drehten wir dann das Räumen der Blindgänger in dem Dorf; das war für mich ein Beweis dafür, dass man in seinem Leben nie etwas vergebens lernt. Ich war ausgebildeter Pionieroffizier und daher mit der Beseitigung von Sprengmitteln ebenfalls vertraut. Fast 35 Jahre später konnte ich die praktische Anwendung in einem Kriegsgebiet erleben und mei-

nen Kameramann entsprechend einweisen. Überrascht von unserer Anwesenheit waren die Beobachter der OSZE; dazu gehörte wieder ein Offizier des Bundesheeres, mit dem ich ein kurzes Interview machte.

März 2015: Räumung von Blindgängern im Dorf Kominternovo

Wir hatten neuerlich eine Exklusivgeschichte für das Fernsehen und – wenige Wochen nach der Unterzeichnung des Friedensplanes von Minsk – die Hoffnung, dass es nun zu einer Entspannung der Lage und zu einer Reintegration der Gebiete von Donezk und Lugansk kommen würde. Diese Hoffnung erfüllte sich leider nicht; verantwortlich dafür waren beileibe nicht nur die prorussischen Separatisten und Moskau, sondern auch die ukrainische Führung in Kiew unter dem damaligen Präsidenten Petro Poroschenko.

Der 8. März 2015 war auch der Tag, an dem ich den Söldner, der uns den Dreh ermöglicht hatte, zum letzten Mal sah. Seine Spur verlor sich, die Telefonnummer funktionierte nicht mehr. Viel später erfuhr ich, dass der Mann durch Artilleriebeschuss schwer verletzt worden war und auch im Spital nicht mehr gerettet werden konnte. Seine Leiche soll in seinen Heimatort überführt worden sein; uns gegenüber war er ein Mann mit Handschlagqualität – möge er in Frieden ruhen; ein Wunsch, der alle Soldaten aller Nationalitäten und aller Fronten begleitet, die in diesem unsäglichen Krieg bisher gefallen sind.

Unter Feuer

Es dämmerte bereits, als wir den vorletzten Kontrollposten der prorussischen Separatisten im Frühherbst des Jahres 2014 auf dem Weg nach Donezk passiert hatten. Verkehr gab es praktisch keinen, und Igor gab auf der geraden Straße mächtig Gas, um so rasch wie möglich die Stadt zu erreichen, wo wir nicht so mutterseelenallein und auf dem Präsentierteller waren wie hier auf dieser Straße. Plötzlich sahen wir es von links, von dem einige hundert Meter entfernten Waldrand, aufblitzen. Igor legte eine Vollbremsung hin, wir sprangen aus dem Auto und warfen uns in den Straßengraben. Die Salve des

Raketenwerfers flog weit über unsere Köpfe hinweg in ein Waldstück, einige Kilometer entfernt. Uns war nichts geschehen, doch der Schreck saß uns tief in den Knochen, aber wir kamen heil nach Donezk. Mit den Folgen eines unmittelbaren Angriffs mit Raketen und Artillerie sollten wir immer wieder zu tun haben, wobei die Jahre 2014 und 2015 noch nicht so sehr von Drohnen und Artillerie geprägt waren wie der Krieg, der am 24. Februar 2022 mit dem russischen Großangriff begann. Trotzdem erlebten wir wiederholt das Leid der Zivilbevölkerung, die auf beiden Seiten der Front binnen Sekunden vor dem Nichts stand. Ein besonders berührendes Beispiel war eine proukrainisch gestimmte Pensionistin in Donezk, der Artillerie-Schrapnelle den neuen Kühlschrank zerstörten, der der Lebenstraum dieser ehemaligen Kindergärtnerin gewesen war. Wir besorgten einen neuen Kühlschrank, und bis zum Jahr 2022 war ich noch in sporadischem Kontakt mit dieser so sympathischen alten Dame.

Bei Raketen und Artillerie unterscheidet man »outgoing« und »incoming fire«, also einen Beschuss, der aus unserer Richtung auf den Gegner abgefeuert wird, oder Feuer, das der Feind auf die Gegend abfeuert, in der sich auch der Journalist gerade befindet. Mit Feuer beider Arten hatten wir immer wieder zu tun, ob in Donezk, in Charkiw oder auf der Fahrt in die Ostukraine von Bachmut nach Kramatorsk. »Outgoing fire« ist besser zu hören, weil natürlich der Abschussknall von der anderen Seite wegen der enormen Distanz nicht mehr zu hören ist, die »Antwort« aber trotzdem sehr schnell erfolgen kann. Das erlebten wir bei einem unserer Besuche am zerstörten Flughafen von Donezk. Ein Journalist eines englischsprachigen TV-Senders fühlte sich bemüßigt, vor der Ruine eines Flughafengebäudes einen »Aufsager« zu machen: Da steht er vor der Kamera und bewertet die Lage oder gibt einen Kommentar ab. Der Kollege sprach davon, dass derzeit nur »outgoing fire« zu hören sei. Der Satz war nicht verhallt, da krachte es in der zehn Meter über dem Journalisten liegenden Betonkonstruktion des Gebäudes – und zwar durch »incoming fire«. Ebenso schnell wie die Aussage durch die Realität widerlegt war, wechselten nicht nur dieser Kollege und sein Kameramann die Position.

Einsatz in Charkiw

Einsatz rund um die Uhr: reisen, lesen, reden und bewerten

Die Ukraine ist flächenmäßig das größte Land Europas, wenn man von Russland nur den europäischen Teil in Rechnung stellt. Obwohl derzeit besetzte Gebiete von ukrainisch-kontrollierter Seite nicht zugänglich sind, bleibt das Land noch immer enorm groß. Dies zeigen die mehr als 100.000 Kilometer, die wir als Dreierteam (Igor – Fahrer/Produzent, Nenad – Kameramann) seit 16. Februar bis Ende August 2022 mit dem Auto zurückgelegt haben. Nicht eingerechnet sind darin meine drei Reisen auf den Balkan zu Einsätzen und die Strecken, die ich seit meiner Rückkehr in die Ukraine am 22. Jänner bis besagtem 16. Februar gefahren und geflogen bin.

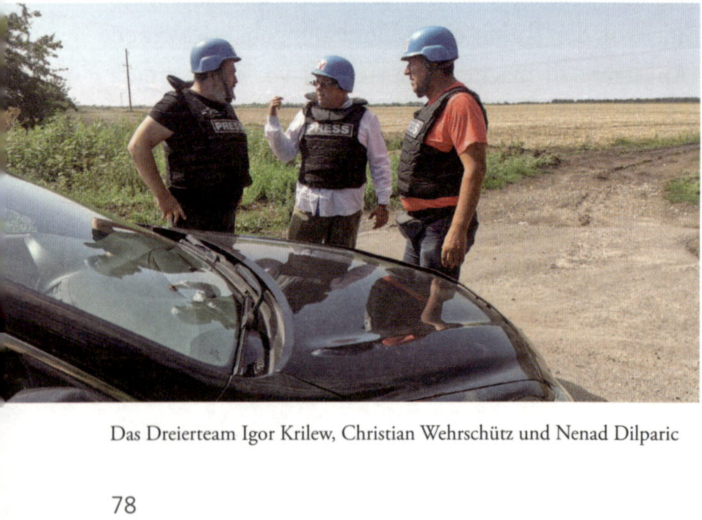

Das Dreierteam Igor Krilew, Christian Wehrschütz und Nenad Dilparic

Allein aus der Ukraine habe ich es binnen sechs Monaten auf 28 Stunden Sendezeit für den ORF gebracht, vom Live-Einstieg für Radio und TV bis hin zum Kurzbeitrag für das Radio in der Länge von 50 Sekunden. Nicht berücksichtigt sind wiederum die vielen Interviews und Live-Einstiege, die ich in

Live-Einstieg vom Flughafen Donezk

den ersten beiden Monaten des Krieges Radio- und TV-Sendern in Deutschland, der Schweiz und im ehemaligen Jugoslawien gegeben habe, weil ich als Journalist, der fließend Serbisch, Kroatisch und Bosnisch spricht, sehr gefragt war. Dahinter stehen eine enorme Menge an Informationsverarbeitung auf vielen Telegram-Kanälen in russischer, ukrainischer und englischer Sprache sowie viele Gespräche mit Fachleuten von Militär, Diplomatie und Politik, eine ständige Lagebeurteilung, die nur dann nicht stattfindet, wenn ich schlafe. Lagebeurteilung bedeutet nicht nur die Abschätzung von Gefahren oder der militärischen Lage, sondern auch, welche Auswirkungen neue Waffensysteme haben können, die der Westen in die Ukraine liefert. Berichterstattung gab und gibt es aber auch rund um die Uhr, vom Morgenjournal im Radio bis hin zur ZIB 2 im TV oder noch späteren Sendungen; dabei darf nicht vergessen werden, dass ich alle Fremdspracheninterviews selbst übersetze und die Beiträge auch gestaltet werden müssen.

August 2022: Lagebeurteilung in der Nähe des AKW Saporischschja

Zur richtigen Lagebeurteilung zählt, ob man es noch riskieren kann, in eine Stadt zu fahren, die unter Feuer liegt, oder nicht und wann wir Schutzhelme und Schutzwesten anlegen sollen, die gerade in der Hitze des Sommers das Arbeiten deutlich erschweren. All diese Entscheidungen treffen wir stets gemeinsam. Jeder für sich allein muss aber die Bilder verarbeiten, die wir drehen, und auf Sendung bringen oder auch nicht, weil sie für nicht zumutbar gehalten werden. Hinzu kommen die vielen schrecklichen Bilder über Tod und Elend, die ich tagtäglich auf vielen Telegram-Kanälen sehe, ja sehen muss, um ein umfassendes Bild von den Entwicklungen an der Front – jenseits der Kriegspropaganda – zu haben.

Ich bin von meinen Eltern dazu erzogen worden, für die eigene Meinung einzustehen; doch im Journalismus geht es für mich nicht um meine Meinung, sondern um die Bewertung von Fakten und ihre Analyse. Für meine Arbeit als Journalist bedeutet das, dass ich meine Einschätzung der Entwicklung in der Ukraine, aber natürlich auch am Balkan, nach bestem Wissen und Gewissen sowie unter strikter Einhaltung aller journalistischen Grundsätze treffe. Irren ist menschlich; ich hoffe, dass mir in den mehr als dreißig Jahren beim ORF nur wenige Irrtümer unterlaufen sind, doch mit einer Schlagseite oder gar mit manipulativer Absicht habe ich nie berichtet. Auf sachlich vorgetragene Kritik antworte ich stets, sofern mir die Zeit dazu bleibt; die Twitter-Blase ignoriere ich weitgehend, weil sie oft zu einem Pranger verkommt, obwohl ich Twitter und viele soziale Netzwerke regelmäßig zu Recherche und Kontaktpflege nutze.

Der amerikanische Schriftsteller Mark Twain soll einmal über meine Berufsgruppe gesagt haben: »Journalisten sind Leute, die ein Leben lang darüber nachdenken, welchen Beruf sie eigentlich verfehlt haben.« Ein weiteres Bonmot lautet: »Journalisten sind wie die Kurtisanen der französischen Könige; sie üben Einfluss aus, ohne Verantwortung zu tragen!« Für mich treffen beide Darstellungen nicht zu, weil ich mir der Tatsache bewusst bin, dass meine Glaubwürdigkeit und das große Vertrauen vieler Österreicherinnen und Österreicher das höchste berufliche Gut sind, das ich besitze. Dahinter steckt sehr lange, harte und intensive Arbeit, die weit länger währt als ein Beitrag für die ZIB 1 oder ZIB 2, der in der Regel zwischen 90 und 150 Sekunden dauert.

Tränengas oder: Keinen Steinwurf entfernt

Von Belgrad über Kiew bis Laibach zählt Tränengas zu den von der Polizei verwendeten Mitteln, um randalierende Demonstranten zu bekämpfen, die

Polizisten mit Steinen oder Molotowcocktails und anderen gefährlichen Gegenständen bewerfen. Meine erste Bekanntschaft damit machte ich beim Sturz des serbischen Autokraten Slobodan Milosevic am 5. Oktober 2000 vor dem damaligen Bundesparlament in Belgrad. Doch dieser Tränengas-Einsatz wirkte damals eher halbherzig, weil die Polizisten nicht mehr bereit waren, für den gescheiterten Politiker mit seinem hohlen Pathos und seiner noch unbeliebteren Gattin Mira Markovic den Kopf hinzuhalten.
Ganz anders war die Lage am 17. März 2004 und im Februar 2008, als der Kosovo offiziell seine Unabhängigkeit von Serbien erklärte. Die Loslösung wurde am 17. Februar verkündet, Demonstrationen und Ausschreitungen fanden am 21. Februar 2008 in Belgrad statt. Ausgangspunkt für die Krise am 17. März 2004 waren ebenfalls Ereignisse im Kosovo. An diesem Tag führten Falschmeldungen kosovo-albanischer Medien über eine Gräueltat von Serben in der Stadt Kosovska Mitrovica zunächst zu massiven Ausschreitungen im Kosovo gegen die serbische Minderheit und dann zu gewaltsamen Demonstrationen in Belgrad. Da in Belgrad nur mehr vereinzelt Albaner lebten, richteten sich diese Demonstrationen insbesondere gegen ihre internationalen Mentoren, und da vor allem gegen die USA, das heißt gegen ihre Botschaft, die zu dieser Zeit noch im Zen-

trum der serbischen Hauptstadt lag. Auch im Februar 2008 war die Botschaft ein Ziel der Demonstranten, die damals von der Polizei offenbar auf höheren Befehl hin nicht daran gehindert wurden, die Botschaft anzugreifen.
Unmittelbarer Nachbar der Botschaft war ich, denn ich wohnte im Erdgeschoß im Gebäude direkt nebenan. Das verschaffte mir zwar ausgezeichnete Kameraperspektiven, doch es ist kein angenehmes Gefühl, wenn das Gebäude brennt, das nur etwa fünf Meter neben dem eigenen Wohnzimmer liegt, und wo es noch massiv nach Tränengas riecht, weil es der Wind in meine Wohnung geweht hatte. In all dem Chaos musste ich nicht nur berichten, sondern auch noch packen, weil ich in der Nacht des 17. März 2004 noch in den Kosovo fuhr, um die Unruhen dort zu drehen. Es war buchstäblich zum Weinen, wobei mir der Verkäufer in einem Kiosk in einer Seitenstraße der Botschaft netterweise eine Flasche Mineralwasser spendierte, um meine Augen auswaschen zu können. Umfassend habe ich die beiden Ereignisse in Belgrad und im Kosovo in meinem ersten Buch (»Im Kreuzfeuer: Am Balkan zwischen Brüssel und Belgrad«) geschildert, doch hier geht es um die wiederholte Bekanntschaft mit Tränengas und die Gefahren für Journalisten bei der Berichterstattung über gewalttätige Demonstrationen und nicht um die Bewertung zeitgeschichtlicher Ereignisse.

17. März 2004: Einsatz von Tränengas im Kosovo

Mit Tränengas konfrontiert war ich noch mehrfach; so bei Demonstrationen gegen die Unabhängigkeitserklärung des Kosovo im Februar 2008 in Belgrad, bei der Maidan-Revolution im Jahr 2014 in Kiew, und das bisher letzte Mal in Slowenien, und zwar in Laibach am 5. Oktober 2021, dem Jahrestag des Sturzes von Slobodan Milosevic in Belgrad.

5. Oktober 2021:
Einsatz von Tränengas in Laibach

Grund unserer Anreise war der EU-Balkan-Gipfel, der am 6. Oktober im Kongresszentrum in Brdo stattfinden sollte. Ich reise immer am Vortag an, um Probleme mit Verkehrsmitteln vermeiden zu können und genug Zeit zur Vorbereitung zu haben. Je näher wir am 5. Oktober dem Hotel Slon (übersetzt: Elefant) im Herzen von Laibach kamen, desto chaotischer wurde die Lage, desto mehr Polizei war auf den Straßen und desto stärker roch es nach Tränengas. Grund dafür war eine Anti-COVID-Demonstration, die – aus welchen Gründen auch immer – von der Polizei gewaltsam aufgelöst wurde. Ein Schauplatz der Auseinandersetzungen war vor unserem Hotel, sodass wir mit unserem Auto direkt ins Epizentrum gefahren waren. Ich ließ den Kameramann sofort drehen und filmte auch selbst mit dem Mobiltelefon; das mache ich immer, wenn es zu viele Schauplätze gibt, die ein Kameramann nicht bewältigen kann. Meine Atemwege schützte die Corona-Maske, die ich an diesem Abend wirklich gerne getragen habe; schutzlos blieben zwangsläufig die Augen, weil wir von den Ausschreitungen überrascht wurden und daher keine Gasmasken dabeihatten, die in meinen beiden Büros in Kiew und Belgrad lagern. Im Hotel bekam ich wieder eine Flasche Wasser, um meine Augen ausspülen zu können; noch am selben Abend ging dann das gedrehte Material als Exklusivgeschichte für die ZIB 2 auf Sendung.

Natürlich können sich Journalisten und Kameraleute auch bei gewaltsamen Demonstrationen mit Splitterschutzweste, Helm und Gasmaske schützen. Das setzt aber voraus, dass der Journalist von den Ausschreitungen nicht überrascht wird und sich darauf vorbereiten kann. Vielfach ist das nicht der Fall; daher ist bei Ausschreitungen besondere Vorsicht geboten, weil der Journalist und sein Drehteam oft buchstäblich weniger als einen Steinwurf vom zentralen Ereignis entfernt sind. Gerade in derart gefährlichen Situationen ist es an sich wichtig, dass das Team aus drei Personen besteht. Denn ein filmender Kameramann kann sich kaum auf seinen Selbstschutz konzentrieren, eine Aufgabe, die der Tonassistent zu erfüllen hat, wobei der Journalist ein Auge auf sein Team und das zweite auf das Ereignis haben muss, das gedreht wird. Natürlich muss der Journalist auch auf sich selbst aufpassen und reaktionsschnell sein. Wie überlebenswichtig diese Fähigkeit ist, lernte ich zum ersten Mal am 14. September 2000 bei einer Wahlkampfveranstaltung von Vojislav Kostunica in Kosovska Mitrovica. Seine Gegner, sprich Milosevics Kohorten, bereiteten dem Bewerber für das Amt des Präsidenten der Bundesrepublik Jugoslawien einen heißen Empfang. Während Kostunica auf der Bühne sprach, stand ich am Fuß der Bühne mit Blick auf die Demonstranten.

Plötzlich kam ein faustgroßer Stein geflogen – ich duckte mich schnell genug, sodass der Stein den

Fuß eines Mannes traf, der hinter mir auf der Bühne stand. Ich hörte einen Schmerzensschrei, drehte mich um und sah eine klaffende Wunde im Schienbein des Mannes. Wie mein Gesicht ausgesehen hätte, wäre es vom Stein getroffen worden, will ich mir nicht ausmalen …

14. September 2000: Unruhen bei der Wahlkampfveranstaltung von Vojislav Kostunica in Kosovska Mitrovica

In Gottes Hand

»Wie gefährlich sind Ihre Einsätze in der Ukraine?« Diese Frage haben mir viele Österreicherinnen und Österreicher immer wieder gestellt. Natürlich ist die Gefahr in unmittelbarer Frontnähe besonders deutlich spürbar und sogar sichtbar. Doch selbst wenn die Gefahr nicht mit den Händen zu greifen ist, ist sie in einer Stadt, die mit Artillerie beschossen wird oder werden kann, ein ständiger Begleiter. Das gilt auch für den Fall wie etwa in Charkow, wo ich gedreht habe und ständig hörte, wie die ukrainische Artillerie feindliche Ziele beschoss, wobei eine Antwort jederzeit möglich war. Hinzu kommen Kampfdrohnen, Scharfschützen und Minen, mit denen man rechnen muss, wobei Minen noch am leichtesten zu beherrschen sind, indem man nicht ins Gelände geht.

Die Gefahr, zum falschen Zeitpunkt am falschen Ort zu sein, ist ein ständiger Begleiter. Was das konkret heißt, habe ich Anfang April in der Ukraine hautnah miterlebt. Am 8. April wollten wir in der Stadt Kramatorsk im Landkreis Donezk die Evakuierung von Flüchtlingen drehen. Zentrale Anlaufstelle war der Bahnhof der Stadt. Doch am 9. April wurde der österreichische Bundeskanzler Karl Nehammer in Kiew erwartet. Daher entschied ich, den Dreh in Kramatorsk zu verschieben, und wir kehrten bereits am 7. April nach Kiew zurück und filmten Stadt und Umgebung, eben jene Orte, die der Kanzler besuchen wollte, wie die Stadt Butscha, die durch mutmaßliche russische Kriegsverbrechen traurige Bekanntheit erlangt hat.

Während wir am 8. April im Raum Kiew drehten, kam die Nachricht, dass der Bahnhof von Kramatorsk mit einer Rakete beschossen wurde und mehr als fünfzig Zivilisten getötet worden waren. Wäre Nehammer nicht nach Kiew gekommen, hätten wir unsere Pläne nicht geändert und es wäre durchaus wahrscheinlich gewesen, dass wir zum Zeitpunkt des Beschusses am Bahnhof von Kramatorsk gedreht hätten. Daher lautet meine grundlegende Antwort auf die eingangs formulierte Frage: »Wer in Kriegsgebieten unterwegs ist, ist stets in Gottes Hand!«

April 2022: Der österr. Bundeskanzler Karl Nehammer in Butscha (Foto oben) und Kiew (Foto unten)

MH-17:
Der Abschuss der malaysischen Boing

Am Nachmittag des 17. Juli 2014 war ich in Kiew und plante gerade eine Dienstreise nach Tschernowitz in die Bukowina, als ich einen Anruf vom Radio des ORF erhielt: »Christian, es gibt erste Berichte, dass über der Ostukraine eine malaysische Passagiermaschine abgeschossen worden ist. Bereite dich sofort auf eine Rückkehr nach Donezk vor.« Tschernowitz war somit gestrichen; stattdessen brach eine Flut von Anrufen aus, die mit mir unter anderem Live-Einstiege aus Kiew für alle ZIB-Sendungen vereinbaren wollten. Somit musste ich den Abend noch in Kiew verbringen und konnte erst am folgenden Tag nach Donezk aufbrechen, das ich dann am späten Nachmittag erreichte. Wegen weiterer Live-Einstiege konnte ich noch nicht zur Absturzstelle fahren; das taten wir dann am 19. Juli. Die Bilder, die sich uns boten und die wir filmten, waren fürchterlich. Klar war, dass keiner der 283 Passagiere und 15 Besatzungsmitglieder den Abschuss überlebt hatte; doch Flugzeugteile und Leichen lagen in einem weiten Umkreis verstreut und zeigten deutlich die enormen Kräfte, die auf den menschlichen Körper einwirken, wenn er plötzlich in 10.000 Metern Höhe seiner schützenden Hülle beraubt wird, die ein

Flugzeug darstellt. Ich bin an sich Anhänger einer weitgehend schonungslosen Berichterstattung, weil Zuschauer auch sehen sollen, was Krieg bedeutet. In diesem Fall wahrten wir aber strikt die Pietät, weil Hinterbliebene nicht über das Internet sehen sollten, was von ihren Angehörigen übriggeblieben war. Der Streit über den Verantwortlichen für den Abschuss artete sehr rasch zu einem »Religionskrieg« in den sozialen Netzwerken aus, wobei natürlich auch abstruse Verschwörungstheorien kursierten. Russland hat verschiedene Versionen aufgetischt, doch sie wirkten allesamt unglaubwürdig – nicht nur wegen ihrer Widersprüchlichkeit, sondern auch wegen der frühen Meldungen russischer Medien, wonach die Separatisten im Donbass ein ukrainisches Transportflugzeug abgeschossen hätten, das leider eine Passagiermaschine war. Die meisten Opfer des Abschusses waren Niederländer, war die Maschine doch von Amsterdam nach Kuala Lumpur gestartet. Die Niederlande führten daher die Untersuchung federführend, und dort begann Anfang März 2020 der Prozess, wobei keiner der vier Hauptangeklagten anwesend war. Wenige Tage vor Prozessbeginn drehte ich im finnischen Luftwaffenmuseum bei Helsinki, wo ein BUK Artillerie-System ausgestellt ist, mit dem die Maschine abgeschossen wurde. Dort drehte ich das System und interviewte den Museumsdirektor, der stellvertretender Kommandant der ersten BUK-Einheit der finnischen Streitkräfte war. Nach all den Recherchen auch vor Ort in der Ostukraine besteht für mich kein Zweifel, dass Russland für den Abschuss verantwortlich ist, das bisher leider nicht bereit war, zu diesem tragischen Irrtum zu stehen, der 298 unbeteiligte Personen das Leben gekostet hat.

19. Juli 2014: An der Absturzstelle nach dem Abschuss einer malaysischen Boing

März 2020: Luftwaffenmuseum bei Helsinki, BUK Artillerie-System

»Betrügen Sie nicht das Volk!«

Erlebnisse an den Kontrollposten in der Ostukraine

Straßensperren waren im Frühsommer 2014 die ersten Abgrenzungen von Territorien auf den wichtigsten Straßen zwischen ukrainisch-kontrolliertem Territorium und den Gebieten, die in der Hand prorussischer Rebellen waren. Zunächst bestanden diese Kontrollposten im Vorfeld aus alten Autoreifen oder einfachen Betonblöcken, die den Autofahrer zu Schlangenlinien zwangen, ehe dann der eigentliche Posten kam, der – je nach Örtlichkeit – mehr oder weniger gut ausgebaut war. Zentrales Element war meistens ein aus Betonblöcken errichteter Unterstand, der vor Splittern aus Artilleriegranaten Schutz bot, aber natürlich nicht vor einem direkten Treffer. Kontrolliert wurden wir dort zu Beginn der Kämpfe auf Rebellen-Seite von Männern, die zwar eine Kalaschnikow hatten, ansonsten aber einen meist ärmlichen Eindruck machten. Wirkliche Uniformen trugen sie nicht, und das Schuhwerk war oft in erbärmlichem Zustand. Nur wenig besser war die Lage auf ukrainisch-kontrollierter Seite, weil die Armee kaum existierte, während die Freiwilligenverbände etwas besser gekleidet waren.

In den ersten Kriegsmonaten gab es noch keine Akkreditierungen auf beiden Seiten, die den Zugang zu den umkämpften Gebieten geregelt oder eingeschränkt hätten. Vorzuzeigen hatten wir unsere Pässe sowie eine journalistische Legitimation unseres Medienunternehmens. Auf der Seite der Rebellen gab es dann zwar ein zivile und eine militärische Akkreditierung, doch 2014 dominierte jede Stadt und jeden Frontabschnitt im Grunde der lokale Kriegsherr. Die Akkreditierung aus Donezk war daher keine Garantie für das Weiterkommen an jedem Kontrollposten, ganz zu schweigen von den prorussischen Kräften, die die Stadt Lugansk und einen Teil dieses Oblasts (Kreises) beherrschten.
Das Netzwerk dieser Posten war im Sommer 2014 sehr dicht, als den prorussischen Kräften durch die Erfolge der ukrainischen Einheiten eine Niederlage drohte, die erst durch das Eingreifen regulärer russischer Truppen beseitigt wurde. Wie dicht dieses Netzwerk war, erlebten wir, als wir von Donezk über die inneren Linien in die belagerte Stadt Lugansk fuhren, die ganz im Osten der Ukraine, weniger als 100 Kilometer von der russischen Grenze entfernt liegt. Die Hauptroute konnten wir nicht nutzen, weil sie durch die Kämpfe für uns unpassierbar war. Auf einer Strecke von etwa 350 Kilometern mussten wir mehr als zwanzig Kontrollposten passieren, was uns mit Glück, gutem Zureden und durch die

guten Kontakte meines Fahrers und Produzenten, Igor, auch gelang. Lugansk lag damals unter starkem Beschuss ukrainischer Artillerie, und die Gefahr war offensichtlich, dass wir zum falschen Zeitpunkt an der falschen Stelle sein könnten. Gott sei Dank war das bisher nie der Fall. Das Zentrum von Lugansk glich damals einer Geisterstadt, selbst Satellitentelefone funktionierten nicht, das Mobilfunknetz ohnehin nicht und natürlich auch nicht das Internet. Im Zentrum meldeten wir uns im ehemaligen Sitz der Kreisverwaltung bei dem Wachposten. In russischer Sprache stellte ich mein Team und mich vor – doch die Antwort erfolgte auf Deutsch, zwar radebrechend, aber doch. Der diensthabende Wachposten, ein Bär von einem Mann, hatte eine Verwandte in Wien und einige Zeit dort studiert. Dieser Österreich-Bezug erleichterte uns das Leben und wir machten mit dem ehemaligen Studenten natürlich ein Interview.

Prorussische Separatisten am Grenzübergang Dovzhansk, Ostukraine

Im Grunde weiß kein Mensch, was der nächste Tag bringen wird. Noch ungewisser ist der Tagesablauf eines Journalisten in einem Kriegsgebiet, ein Umstand, der sich am Beispiel eines Kontrollpostens vor der Stadt Antrazit erläutern lässt, die nach der gleichnamigen Kohleart benannt ist. Die Stadt liegt etwa siebzig Kilometer südwestlich der Kreishauptstadt Lugansk. Wir kamen in die Gegend, weil wir von Gefechten gehört hatten, die dort stattgefunden haben sollten. An der Stadteinfahrt befand sich ein Kontrollposten der prorussischen Kräfte.

Zerstörter Grenzübergang Dovzhansk, Ostukraine

Der Kommandant wollte uns nicht durchlassen, sagte aber, wir könnten ins Zentrum zum Stadtkommandanten fahren und um eine Genehmigung bitten; doch der Mann war nicht da, daher drehten wir um.

Der Postenkommandant wollte uns zu einem vorgesetzten Kommando mehr als fünfzig Kilometer entfernt schicken, das über unsere Reisepläne entscheiden sollte. Während wir noch beratschlagten, was zu tun sei, hielt eine Wagenkolonne beim Kontrollposten. An der Qualität der Autos erkannten wir, dass darin nur ein hochrangiger Rebell sitzen konnte. Es war der Stadtkommandant; es gelang uns, ihn zu sprechen. Der Mann war ein Kosak aus Russland; er war sehr aufgeschlossen, nahm uns in die Stadt mit, wo wir mit ihm ein Interview machten. Dann wies er uns einen Soldaten zu, der als Scharfschütze im Einsatz war. Der Mann fuhr uns auf ein Feld, in dem wir die traurigen Überreste einer ukrainischen Einheit sahen; sie hatte offensichtlich den Auftrag, Antrazit zu nehmen und die Straßenverbindung zwischen Donezk und Lugansk zu unterbrechen. Wir sahen ausgebrannte Panzer und Militärtransporter; darin befanden sich noch einige verkohlte Leichen. Auch Gras und Bäume in der Umgebung waren verkohlt. Das Gebiet liegt nicht weit von der russischen Grenze entfernt; offensichtlich hatte russische Artillerie die ukrainische Einheit zusammengeschossen. Obwohl die Dimensionen natürlich nicht vergleichbar sind, fiel mir bei diesem Anblick der Spruch des Dresdner Schriftstellers Max Zimmering ein, mit dem der Opfer des Luftangriffs auf Dresden knapp vor Kriegsende, am 13. und 14. Februar 1945, am städtischen

»Heidefriedhof« gedacht wird: »Wie viele starben? Wer kennt die Zahl? An deinen Wunden sieht man die Qual der Namenlosen, die hier verbrannt im Höllenfeuer aus Menschenhand.«

Alle Fotos Seite 99 bis 101: Die »Reste« einer ukrainischen Einheit

Buch mit russischen Märchen in ukrainischer Übersetzung

Noch stärker berührte mich ein Buch, das aufgeschlagen auf dem Feld lag und dessen Blätter im Wind rauschten. Es war ein Buch mit russischen Märchen in ukrainischer Übersetzung; für mich symbolisiert es die vielfältige, tragische, gewaltsame, aber auch befruchtende Beziehung dieser beiden Völker, die bisher keinen Frieden finden können. Mit Bildern von diesem Schauplatz beendete ich meinen Dokumentarfilm über Donezk, der ebenfalls auf meiner Webseite (www.wehrschuetz.at) zu sehen ist.

Nach dem Dreh kehrten wir nach Antrazit zurück, wo uns der Kosaken-Kommandant ein neues Angebot machte; eine kleine Gruppe seiner Männer sei beim ukrainisch-russischen Grenzübergang Dovzhansk, bei dem eine weitere ukrainische Einheit vernichtet worden war. Eine Telefonverbindung zur Grenze bestand nicht, daher gab uns der Kosak einen Brief an seine Leute vor Ort mit. Beim Grenzübergang trafen wir nur eine Handvoll Männer, dafür bot sich uns ein schreckliches Bild, obwohl die Leichen der Soldaten entweder bereits verscharrt oder abtransportiert waren. Die Wucht der Artillerietreffer hatte tonnenschwere Panzer umgedreht oder die Kuppel aus den Panzern gerissen. Hinweisschilder beim ukrainischen Grenzübergang, der kaum mehr vorhanden war, hatten Splitter von Artilleriegeschoßen durchsiebt. Auf dem nur einige hundert Meter entfernten russischen Grenzübergang konnten wir keinerlei Schäden ausmachen. Das gesamte Lagebild ließ nur den Schluss zu, dass an diesem Grenzübergang ebenfalls russische Artillerie auf die »andere Seite« geschossen und die ukrainische Einheit vernichtet hatte. Aus militärischer Sicht war mir in beiden Fällen völlig unklar, warum ich nirgends Stellungen fand, in die sich die Ukrainer eingegraben hatten. Offenbar hatte niemand mit einem direkten militärischen Eingreifen Russlands gerechnet. Wir drehten das sprichwörtliche Bild der Verwüstung und konnten mit wirklich exklusivem Material nach Donezk zurückkehren, obwohl der Tag am Kontrollposten bei Antrazit zunächst gar nicht erfolgversprechend begonnen hatte.

Antrazit

Grundsätzlich war die Zufahrt auf Kontrollposten, vor allem am Höhepunkt der ukrainischen Offensive im Sommer 2014, eine haarige Angelegenheit. Wir wussten nie, ob der Posten nicht gerade während unserer Anwesenheit beschossen würde; daher öffnete ich immer den Sicherheitsgurt im Auto, um im Falle des Falles rasch ausbooten zu können. Außerdem bemühte sich mein Fahrer vor allem am Tag immer um ein Schwätzchen mit den Posten; sie sollten uns in Erinnerung behalten, damit die Kontrollen beim nächsten Mal weniger scharf ausfielen. Von beiden Konfliktparteien wurden wir oft ermahnt, die »Wahrheit« zu berichten. An einem Kontrollposten prorussischer Kräfte sagte einmal der Kommandant zu mir: »Berichten Sie die Wahrheit! Betrügen Sie nicht das Volk!« Ich antwortete: »Keine Sorge, ich betrüge höchstens meine Frau!« Nach allgemeinem Gelächter mussten wir dort nie mehr Ausweise vorzeigen, solange dieselbe Gruppe Dienst hatte! Meine Frau, mit der ich zu dem Zeitpunkt, als ich diese Zeilen schrieb, mehr als 35 Jahre verheiratet war, kennt diese Episode inzwischen fast auswendig, weil ich sie natürlich zu Hause und bei Bekannten mehrfach erzählt habe.

Bei Nacht gab und gibt es besondere Regeln für das Zufahren auf einen Kontrollposten. Die Scheinwerfer des Autos müssen ausgeschaltet werden, damit der angeleuchtete Posten der Feindseite kein besseres Ziel bieten kann. Dafür muss die Innenbeleuchtung eingeschaltet werden, damit der Wachposten sieht, wie viele Personen im Fahrzeug sitzen. Dann erfolgt ein Zeichen mit einer Taschenlampe und wir können zufahren. Vor allem bei völliger Dunkelheit und wenn dann noch Regen hinzukommt, hatten wir schon ein mulmiges Gefühl. Schließlich hätte es sein können, dass der Wachposten schwache Nerven hat und zuerst schießt und erst danach fragt! Zum Glück war das bisher nie der Fall.

Je länger der Krieg dauerte und je geringer die Aussicht auf eine Reintegration der prorussisch kontrollierten Gebiete in den ukrainischen Staatsverband wurde, desto mehr wandelten sich auch die Kontrollposten auf beiden Seiten; den wichtigsten Schritt setzte leider die ukrainische Regierung unter Präsident Petro Poroschenko im Februar 2017, als sie ein Wirtschaftsembargo über die Gebiete von Donezk und Lugansk verhängte. Nunmehr sind die fünf Übergänge über die etwa 450 Kilometer lange Frontlinie keine Kontrollposten mehr, sondern de facto Grenzübergänge mit Polizei, Zoll und Finanzbehörden. Bis zum Beginn der Corona-Pandemie war der Verkehr rege; etwa eine Million Menschen querten pro Monat die Waffenstillstandslinie; das war auch ein gutes Geschäft für findige Transportunternehmer, wobei die Korruption an den Übergängen unterschiedlich stark ausgeprägt war. Mit unseren Akkreditierungen, dank unseres Bekanntheitsgrades und dank der guten Kontakte meines Fahrers konnten wir meistens ohne stundenlange Wartezeiten passieren. Grundsätzlich nehmen wir keine Anhalter mit, weil wir uns nie sicher sein können, ob die Dokumente der betreffenden Person in Ordnung sind und ob wir uns dadurch nicht Probleme auf der jeweils anderen Seite oder bei der Fahrt insgesamt einhandeln.

Der Hauptübergang, den wir seit Jahren nutzen, liegt auf der Straße von der Hafenstadt Mariupol nach Donezk; die ukrainische Seite heißt Novotroitske. Einmal hob der ukrainische Wachposten gerade den letzten Schlagbaum, um uns die freie Fahrt Richtung Mariupol zu ermöglichen, als uns der Mann plötzlich fragte, ob wir nicht in die Stadt Ugledar führen, weil eine Frau eine Mitfahrgelegenheit brauche. Wir lehnten ab, und Igor wollte schon Gas geben; doch einer inneren Stimme folgend bat ich Igor anzuhalten und die Frau zu fragen, warum sie in diese Stadt müsse. Natalja, so hieß die Frau, sagte uns, dass sie aus Donezk stamme und dass ihre Mutter heute um vier Uhr in der Früh gestorben und das Begräbnis in Ugledar um zwölf Uhr Mittag sei. Im Moment des Gesprächs war es 11.15 Uhr; wir brachten die Frau noch rechtzeitig in die Stadt. Ihr Schicksal zeigt, welche einschneidenden Folgen der Krieg bereits vor Corona für die Zivilbevölkerung hatte. Natalja hatte damals in Donezk zwei Kinder im Alter von drei und elf Jahren; Karenzgeld aus Kiew bekam sie keines; ihr Mann arbeitete in Russland, um seine Familie zu ernähren. Das tun mittlerweile viele Männer aus den prorussisch kontrollierten Gebieten.

Das Corona-Virus hat die Lage der Zivilbevölkerung hüben und drüben der Frontlinie massiv verschlechtert. Knapp nach Beginn der Pandemie schlossen zuerst die prorussischen Kräfte und dann auch die ukrainische Seite die Übergänge an der Frontlinie;

sie ist seitdem nur an zwei Punkten passierbar: im Gebiet von Donezk mit dem Auto über den Übergang Elenovka/Novotroitske und im Raum Lugansk über den Fußübergang Stanica Luganska.

Übergang Elenovka/Novotroitske

Eingeschränkt wurde auch die Öffnungszeit der Übergänge von prorussischer Seite, während Kiew alle Einschränkungen aufgehoben hat. Diese Blockade hat dazu geführt, dass all jene, die von der einen auf die andere Seite müssen – dazu zählen viele Pensionisten – nun über Russland fahren müssen. Brauchte man früher von Mariupol nach Donezk etwa neunzig Minuten, so ist das nun zu einer Tagesreise geworden – wenn die Abfertigung an der russischen Grenze nur einige Stunden dauert.

So manche Journalisten reisen daher gleich über Russland nach Donezk und Lugansk und nutzen dabei Grenzübergänge, die die ukrainischen Behörden derzeit nicht kontrollieren. Kiew sieht darin einen illegalen Grenzübertritt, der mit einem Einreiseverbot von etwa drei Jahren belegt wird. Ich halte mich stets an die ukrainische Rechtsordnung und habe immer nur den Weg über Kontrollposten gewählt; diese Tatsache wird im Kapitel über mein Einreiseverbot in die Ukraine (ab S. 182) noch eine wichtige Rolle spielen. Beim Übertritt werde ich immer wieder auf beiden Seiten von Mitarbeitern der Staatssicherheit befragt, die trotz unterschiedlicher Uniformen regelmäßig gleichlautende Fragen stellen. Trotz aller Papiere weiß ich im Grund erst mit Sicherheit, dass der Übertritt über die Frontlinie funktioniert hat, wenn ich durch bin, doch Unabwägbarkeiten sind nicht nur in diesem Fall ein ständiger Begleiter meiner journalistischen Arbeit.

Seit Beginn des großen Krieges am 24. Februar 2022 sind all diese Regeln zur Makulatur geworden.

»Croatian government is corrupt«: Das Finale der Fußball-WM Frankreich gegen Kroatien

Am 15. Juli 2018 fand in Moskau das Finale in der Fußball-WM zwischen Frankreich und Kroatien statt. Ich war daher in Agram im Einsatz, um die Stimmung der Kroatinnen und Kroaten einzufangen, die diesem Spiel entgegenfieberten und es mit Hoffnung, Bangen und Trauer bis zur bitteren Niederlage verfolgten, was aber dann rasch durch den Stolz abgelöst wurde, Vize-Weltmeister zu sein. Journalisten aus aller Herren Länder waren in der kroatischen Hauptstadt, wobei am Ban-Jelasic-Platz im Zentrum mehrere Stationen aufgebaut waren, damit wir Journalisten unsere Live-Einstiege via Satelliten absolvieren konnten. Auch der ORF buchte Sendezeit, weil wegen der totalen Überlastung der Mobilfunknetze an die Nutzung einer LiveU für derartige Einstiege nicht zu denken war.

Am zentralen Platz in Agram herrschte ein unbeschreiblicher Wirbel; vor allem junge kroatische Anhänger stand direkt hinter uns, schwenkten kroatische Fahnen und schrien sich die Seele aus dem Leib. Es war kaum möglich, die Regie in Wien und den Moderator der ZIB 1 zu verstehen, um Absprache zu treffen. Da sprang ein junger Kroate auf mich zu, entriss mir das Mikrofon und schrie auf Englisch: »Die kroatische Regierung ist korrupt!« Der Mann wurde sofort überwältigt; sein Pech war, dass ich noch nicht auf Sendung war, und so verhallte seine Botschaft in Österreich ungehört. Ich selbst wiederum hörte aus Wien gar nichts und begann daher einfach zu reden, bis mir mein Zeitgefühl sagte, dass nun meine Sendezeit vorbei war. Meine Familie vor dem Bildschirm bekam diese Kommunikationsprobleme ebenso mit wie viele andere Zuseherinnen und Zuseher, doch live ist eben live.

15. Juli 2018:
Hauptplatz Agram

»Ist dein Mann tatsächlich so ein Zwerg?«

Die unbeabsichtigten Ablenkungen vom Wesentlichen

Milo Djukanovic ist nicht nur ein außerordentlich erfolgreicher Politiker, sondern auch eine stattliche Erscheinung. Als Ministerpräsident und Staatspräsident prägte er wie kein anderer die Geschicke Montenegros in den vergangenen dreißig Jahren. Doch Milo Djukanovic ist auch zwei Meter groß. Abgesehen von einer ehemaligen österreichischen Außenministerin und dem serbischen Präsidenten gibt es nur sehr wenige Balkan-Politiker, die ihm auf Augenhöhe begegnen können. Djukanovic habe ich in meinen mehr als zwanzig Jahren als Korrespondent vielfach interviewt. Einmal – nach einem Verkehrsunfall – trug er eine Halskrause und durfte nicht sitzen. Ich bin 25 Zentimeter kleiner; daher musste ich das Mikrofon nach oben halten und zu meinem Gesprächspartner aufblicken. Am Abend waren Teile des Interviews in einem ZIB 1-Beitrag zu sehen. Am nächsten Tag rief mich meine Frau in der Früh an und sagte: »Richte deinem Milo Djukanovic aus, dass du mit ihm nie wieder ein Interview im

Interview mit Milo Djukanovic, Montenegro

Stehen machen darfst!« – »Warum?«, fragte ich. »Weil mich heute meine Kollegen im Büro gefragt haben, ob mein Mann tatsächlich so ein Zwerg ist!«, lautete die Begründung.

Bei nächster Gelegenheit habe ich Milo Djukanovic von diesem »Verbot« berichtet, und wir haben nie wieder ein Interview im Stehen gemacht. Das hat allerdings nicht nur mit meinem ausgeprägten Streben nach häuslichem Frieden zu tun, sondern auch ernsthafte journalistische Gründe. Denn ein derartiges Szenario lenkt ungewollt den Zuschauer völlig vom Inhalt des Beitrages ab. Sagt nur einer im Familienkreis: »Ist der aber groß (oder klein)!«, so ist die Konzentration auf den eigentlichen Inhalt beim Teufel und die Geschichte ist gestorben. Das Bild mag hängen bleiben, sogar als einziges einer gesamten ZIB-Sendung, doch das eigentliche Thema des Beitrages geht völlig unter.

Natürlich wird vor Interviews versucht, möglichst gute Rahmenbedingungen zu schaffen. Sie hängen von den Örtlichkeiten sowie von den Möglichkeiten ab, die man vorfindet oder über die ein Gesprächspartner verfügt. Ich erinnere mich noch sehr gut an ein Interview mit dem ukrainischen Regierungschef Arsenij Jazenjuk; sein Team hatte dazu einen besonderen Raum mit einem künstlichen Kamin im Hintergrund. Wir drehten – wie bei größeren Interviews üblich – mit zwei Kameras; doch es dauerte mehr als 45 Minuten, bis Jazenjuks PR-Team mit dem »Setting« zufrieden war; mir ging all das Geschiebe schon ziemlich auf die Nerven, schließlich drehten wir weder für das Kino noch für einen Dokumentarfilm, sondern für eine Nachrichtensendung.

Gute Kameraleute haben ein Auge für Details, wenn sie ihre Kamera und das Licht für Interviews einrichten, ehe der Gesprächspartner kommt. Das gilt auch für Sascha, meinen Kameramann in Kiew. Im Sitzungssaal des Kabinetts der ukrainischen Finanzministerin Natalija Jaresko richtete er seine Kamera ein und erspähte links unten eine defekte Steckdose, die sein ästhetisches Auge störte. Sascha nahm eine in der Nähe stehende Fahne und stellte sich vor die Steckdose. Darauf kam eine Dame vom Protokoll und erklärte uns ziemlich pikiert, dies sei eine ukrainische Standarte, die nicht verrückt werden dürfe; wie sie in das Zimmer gekommen war, blieb das Geheimnis des Protokolls. Schließlich brachte die Dame aus einem anderen Zimmer eine Fahne, die dann die Steckdose verdeckte.

Interview mit dem damaligen österr. Außenminister Sebastian Kurz, Kiew

Ich bin kein Dressman, sondern Journalist, und vor allem bei schwierigen Einsätzen oder wenn es wirklich sehr kalt ist, geht Funktionalität über Ästhetik. Trotzdem ist es aus den oben genannten Gründen wichtig, dass Kleidungsstücke nicht zu auffällig sind und Hemden beim Sitzen nicht zu sehr spannen (habe ich doch keinen standardisierten Körperbau). Diese Erfahrung musste ich in Kiew machen, als ich bei einem Interview mit dem damaligen österreichischen Außenminister Sebastian Kurz ein blaugrau-kariertes Sakko trug. Die Debatte darüber – und zwar nicht nur in den sozialen Netzwerken – verfolgte mich sogar bis nach Donezk! Nach einer Pressekonferenz zum aktuellen Kriegsgeschehen rief mich die Kollegin einer Tageszeitung an. Doch nicht der Krieg war das Thema, sondern Fragen zu meinem Sakko und zu meiner Kleidung. Politische Profis haben einen Blick auch für Äußerlichkeiten; ein Beispiel dafür ist der frühere Bundespräsident Heinz Fischer. Nach einem Besuch beim kroatischen Staatspräsidenten Stipe Mesic in Agram drehten wir mit dem Bundespräsidenten

ein kurzes Interview; dazu gehörte im Anschluss das sogenannte »falsche Doppel«: über die Schulter des Gesprächspartners wird der Journalist gedreht, damit man sogenannte Schnittbilder hat, um zwei Antworten durch eine Zwischenfrage leicht miteinander verbinden zu können. Doch als der Kameramann das »falsche Doppel« zu drehen begann, sagte Heinz Fischer: »Stopp, so geht das nicht! Ihre Krawatte sitzt schief.«
Heinz Fischer richtete mir bei laufender Kamera die Krawatte. Daraus machte ich später ein Foto, das ich mir signieren ließ. Schließlich gibt es wohl viele Österreicher, die sagen können, dass ihnen der Bundespräsident die Hand gegeben hat, doch wohl kaum einen, dem ein Bundespräsident die Krawatte gerichtet hat.

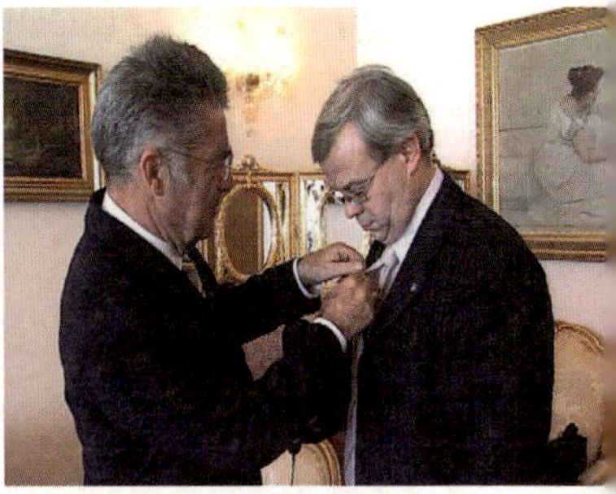

Der ehemalige österr. Bundespräsident Heinz Fischer richtet die Krawatte von Christian Wehrschütz

Mein Fazit lautet: Vermeide alles, was vor allem bei kürzeren Beiträgen für Nachrichten im Fernsehen die Aufmerksamkeit der Zuschauer ablenken könnte, aber behalte deinen persönlichen Stil bei, was deine Kleidung betrifft. Stürme im Wasserglas sozialer Medien ertrage mit stoischer Gelassenheit. Die

Etikette hat sich in den vergangenen Jahren sehr verändert, wobei am Balkan und in der Ukraine ohnehin für Drehteams und Journalisten keine Kleidervorschriften gelten. Trotzdem habe ich nicht nur bei Besuchen österreichischer Regierungsmitglieder stets darauf Wert gelegt, dass meine Mitarbeiter dem Amt Rechnung tragen.

Tartarotti schaut fern

TV-KOLUMNE

Stöcke

Spätestens seit 9/11 weiß man: Tage, die man zur Gänze vor dem Fernseher verbringt, sind selten gute Tage.

Ein Mann hat seine Nachbarn überfallen und ist gerade dabei, sie zu massakrieren, der ganze Vorgang wird live im Fernsehen übertragen, aber man kann nichts tun – weil er nämlich ein paar Tausend Atomwaffen in der Hosentasche hat.

Alle Sender tun, was sie eben immer tun, sie halten mit der Kamera drauf und befragen gleichzeitig kluge Menschen, wie sie die Lage sehen. Der *ORF* hat den großartig gelassenen Christian Wehrschütz, der immer grantig dreinschaut und immer sachlich berichtet. Möge er gesund bleiben!

In der „ZIB“ kam ein ukrainisches Pensionistenpaar zu Wort: „Wenn ihr kämpfen wollt, geht in die Steppe, aber nicht hier.“ – „Ich würde ihnen keine Waffen geben, sondern Stöcke, und damit sollen sie dann kämpfen.“

guido.tartarotti@kurier.at / Twitter: @GuidoTartarotti

»Kurier«, 25. Februar 2022

Schallenbergs Aschenbecher

Außenminister Alexander Schallenberg ist Raucher, und das war offensichtlich auch dem slowenischen Protokoll nicht entgangen. Mit diesem Wissen machte ich bei Schallenbergs Besuch im Juni 2020 Bekanntschaft. Beim Seiteneingang des slowenischen Außenministeriums in Laibach stand auf einem Stockerl ein schöner, unbenutzter Aschenbecher. Ich war damals noch nicht völlig rauchfrei, zündete mir eine Zigarette an und wollte den

Aschenbecher benützen. Da kam eine Protokollbeamtin auf mich zu und bat mich mit liebenswürdiger, aber keinen Widerspruch duldender Stimme, meine Asche und danach den Zigarettenstummel in den Kanalschacht zu werfen, der mit einem Schachbrettgitter bedeckt war. »Warum?« Die Antwort brachte mich zum Lachen: »Dieser Aschenbecher ist nur für den österreichischen Außenminister bestimmt.« Als Schallenberg wenig später tatsächlich kam, mich begrüßte und eine Zigarette rauchte, fiel ihm jedenfalls nicht auf, dass das slowenische Protokoll mit Erfolg die Jungfräulichkeit seines Aschenbechers bewahrt hatte.

Wenn Österreich den Rosetta-Flug geplant hätte

»Kurier«, 13. November 2014, Michael Pammesberger

Ein Botschafter als Kameramann

Der Korrespondent im Kampf gegen das diplomatische Protokoll

Ein alter Witz unter Journalisten, der leider bei vielen Staatsbesuchen keiner ist, lautet: »Was ist der Unterschied zwischen Terroristen und dem Protokoll?« Antwort: »Mit Terroristen kann man verhandeln!«

Ein Paradebeispiel für diese traurige Wahrheit war der Abschiedsbesuch des damaligen US-Vizepräsidenten Joe Biden Ende November 2015 in Agram. Auf dem Programm stand nicht nur ein bilaterales Treffen mit der damaligen kroatischen Präsidentin Kolinda Grabar-Kitarovic in ihrem Amtssitz außerhalb vom Stadtzentrum. Dazu geladen waren auch alle Präsidenten des ehemaligen Jugoslawien sowie der österreichische Bundespräsident Heinz Fischer. Der journalistische Andrang war immens groß, doch das Protokoll der kroatischen Präsidentin war hoffnungslos überfordert. Abgesehen von den amerikanischen Journalisten, für die es eine Sonderbehandlung gab, waren wir in einem Nebenhaus untergebracht, das von der eigentlichen Residenz durch eine Zufahrtsstraße getrennt war. Das Internet war derart schlecht, dass wir keinen Beitrag für die ZIB 1 hätten überspielen können, hätten wir uns in weiser Voraussicht, die auf langjähriger Erfahrung beruht, nicht ein eigenes mobiles Internet organisiert. Ein weiteres Problem war der enorme Lärm, den zwangsläufig so viele zusammengepferchte Journalisten erzeugen. Das Lesen eines TV-Beitrages war unter diesen Umständen unmöglich. Doch es gab einen kleinen Gang zwischen den Toiletten und dem Raum, wo die Kellner saßen, die uns mit Getränken versorgten. Dort stand eine leere Bierkiste; darauf stellte ich meinen Laptop mit angeschlossenem Mikrofon, kniete nieder, stülpte mir zur Dämpfung mein Sakko über Laptop und Kopf und las den Text des Beitrages. (Auf diese Weise habe ich auch bereits in Wickelräumen auf Flughäfen Beiträge gelesen.)

November 2015:
Zusammengepferchte Journalisten in Agram

PRESS

Die nächste Herausforderung waren Protokoll und Sicherheit. Aus mir bis heute unerfindlichen Gründen durften wir nur das berüchtigte »Family-Foto«, Bidens Pressekonferenz sowie den leeren runden Tisch drehen, auf dem der US-Vizepräsident und die Balkan-Politiker – Heinz Fischer inklusive – sitzen würden. Ein Dreh der Gespräche selbst war verboten. Wie sollte ich also zeigen, dass die Präsidenten miteinander sprachen? Beim leeren Tisch hätte ich zusätzlich erklären müssen, dass es aus Sicherheitsgründen keine Bilder gab, was kein mit gesundem Menschenverstand ausgestattetes Wesen verstanden hätte, zu denen ich nach mehr als zwanzig Jahren Erfahrung Protokoll und Sicherheit nicht immer zählen kann! Doch zu Fischers Delegation gehörte der österreichische Botschafter in Kroatien; er hatte immer viel Verständnis für die Probleme mit der Bürokratie, und wir hatten ein schon beinahe freundschaftliches Verhältnis. Ihn fragte ich, ob er mit seinem Mobiltelefon während der Gespräche der Präsidenten am runden Tisch nicht drei kurze Videoclips machen und mir dann via WhatsApp schicken könnte. Er sagte zu – und wir waren meines Wissens das einzige Team, das Bilder vom vollbesetzten runden Tisch auf Sendung bringen konnte; wir hatten über das kroatische und amerikanische Protokoll gesiegt!
Grundsätzlich ist leider das Verständnis vieler Bürokratien und Organisationen für berechtigte Anliegen

und Bedürfnisse von Journalisten nicht besonders stark ausgeprägt. Weitere Beispiele dafür sind besagte Treffen von Balkan-Präsidenten sowie Gespräche von Delegationen. Ist ein österreichischer Minister dabei, kann man darauf hoffen, dass ihn die politisch interessierte Bevölkerung kennt; doch die Balkan-Politiker und erst recht alle Präsidenten von Ex-Jugoslawien und Albanien – wer kennt die schon in Österreich? Daher muss man sie auf dem Filmmaterial klar erkennen können. Doch das ist vielfach unmöglich, weil Protokoll und Sicherheit die Kameraleute bereits nach dreißig Sekunden aus dem Raum werfen.
Noch schwieriger sind die journalistische Vorbereitung und Abwicklung von Großereignissen; erfolgreich bestanden haben wir sie vielfach dank der Unterstützung der österreichischen Botschaften sowie von Politikern und ihren Presseleuten, die wie im Falle von Heinz Fischer, Sebastian Kurz und Wolfgang Schüssel mediale Profis waren. Dabei soll nicht vergessen werden, dass bessere Arbeitsbedingungen für Journalisten in der Regel zu besseren Beiträgen führen – mit Manipulation oder Beeinflussung hat das nichts zu tun, wie das folgende Beispiel zeigen wird.

Am 12. März 2003 wurde der serbische Ministerpräsident Zoran Djindjic im Innenhof des Regierungsgebäudes in Belgrad von einem Scharfschützen erschossen; sein Leibwächter wurde schwer verletzt. Das Staatsbegräbnis fand drei Tage später, am 15. März, statt und war politisch ein internationales Großereignis. Österreich sollte durch Bundeskanzler Wolfgang Schüssel vertreten sein. Wir hatten uns als ORF akkreditiert und ich hatte natürlich zwei Teams im Einsatz. Doch das serbische Protokoll ließ keine Akkreditierung von Fahrzeugen für Journalisten zu. Lediglich wenige Busse standen zur Verfügung, die von bestimmten Punkten aus Kameraleute und Journalisten zum sogenannten »Neuen Friedhof« in Belgrad transportieren würden, wo dann die Beisetzung erfolgen sollte. Die Innenstadt war für den Verkehr gesperrt; abgesehen von Einsatzfahrzeugen durften nur Autos mit diplomatischen Kennzeichen unterwegs sein.

Für uns als Team ergaben sich daraus folgende logistische Herausforderungen: Ein Team hatte im Zentrum den Trauerzug durch die Stadt zu drehen, der von einer wirklich unübersehbaren Menge an Menschen gebildet wurde. Dieses Team sollte auch Reaktionen der Bevölkerung einholen. Das zweite Team sollte zunächst bei der Kirche des Heiligen Sava sein, wo Aufbahrung und Trauergottesdienst geplant waren, und dann mit dem Bus zum Friedhof kommen. Dort wollte ich bei der Trauerfeier mit dem Team zusammentreffen, das die Beerdigung und eine kurze Stellungnahme von Bundeskanzler Wolfgang Schüssel drehen sollte. Ich selbst wollte von Beginn an bei der österreichischen Delegation sein, um intervenieren zu können, sollten weitere Probleme auftauchen. Ich sprach mit Schüssels Stab und dem Botschafter in Belgrad, Hannes Porias, den gesamten Ablauf durch. Mit Porias fuhr ich in der Früh des 15. März über menschenleere Straßen zum Belgrader Flughafen, wo wir die Delegation in Empfang nahmen. Mit dabei hatte ich eine kleine Handkamera für alle Fälle, um Zwischenschnitte drehen zu können, denn Mobiltelefone mit Kamera hatten wir damals noch nicht.

Wie vorausschauend meine Planung war, zeigte sich bei der Einsegnung am »Neuen Friedhof«. Organisation und Protokoll hatten alle Kameraleute mit Ausnahme des eigenen Staatsfernsehens auf eine Tribüne hinter die Trauergäste gestellt, sodass sie zwar einige Bilder vom Sarg, von den Politikern aber nur Schultern, Rücken und Hinterkopf drehen konnten. Ich stand zum Glück in etwa zwanzig Metern Entfernung mit den übrigen Mitgliedern der Delegation seitlich von den Tribünen; daher konnte ich alle hochrangigen Trauergäste und natürlich unseren Bundeskanzler filmen, der mit den Tränen kämpfte. Nach der Einsegnung kam ein weiterer kritischer Augenblick! Mein Kamerateam, das auf der Tribüne gestanden hatte, musste zu mir durchkommen, damit wir noch eine kurze Stellungnahme von Wolfgang Schüssel bekommen konnten. Serbische Sicherheitsbeamte wollten das Team nicht durchlassen, doch der Kanzler machte ihnen mit zwei Handbewegungen klar, was Sache war. Wir drehten schnell die Stellungnahme zu Zoran Djindjic; das Protokoll drängte zum Aufbruch, denn der Bus mit den Delegationen sollte zum letzten Tagesordnungspunkt, einem Empfang, abfahren. In dem Trubel würde uns niemand durchzählen, daher wies ich das Team an, bei mir zu bleiben, und wir fuhren gemeinsam mit den Politikern ab. Journalistisch war der Empfang bedeutungslos, doch er hatte uns näher ans Stadtzentrum gebracht, wo die meisten Verkehrsbeschränkungen bereits wieder aufgehoben waren. Unser Fahrer näherte sich so gut es ging unserem Aufenthaltsort; einige Hundert Meter gingen wir zu Fuß, doch dann saßen wir im Auto und waren auf dem Weg ins Büro. Dort wartete bereits der Cutter; wir sichteten das Material, ich schrieb zunächst den Radiobeitrag und danach die Geschichte für die ZIB 1. Mit vereinten Kräften und dank umsichtiger Planung hatten wir auch dieses – an sich so bedrückende und schicksalhafte – Großereignis gemeistert.

15. März 2003: Begräbnis von Zoran Djindjic, Belgrad. Aufnahme mit Handkamera vom Standort seitlich von den Tribünen

15. März 2003: Begräbnis von Zoran Djindjic, Trauerzug

(Il)legale Einreise in den Kosovo

Ende Mai 2020 kam Außenminister Alexander Schallenberg auf den Balkan; auf dem Programm stand ein Besuch in Belgrad mit anschließendem Weiterflug nach Pristina, die Hauptstadt des Kosovo, und dann die Rückkehr nach Wien.
Linienflüge gibt es noch nicht. Im Grunde stellt eine derartige Route eine Grenzverletzung aus serbischer Sicht dar, weil der Flughafen von Pristina von Belgrad nicht als regulärer Grenzübergang anerkannt wird. Für Außenminister ist das kein Prob-

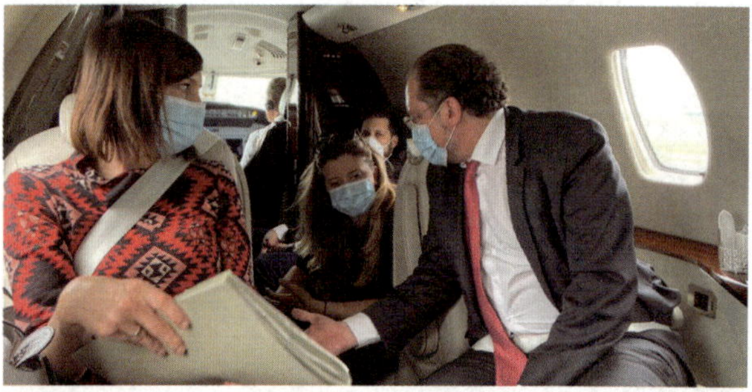

lem, für mich aber schon, wenn ich wieder nach Serbien einreisen will, über den Flughafen von Pristina aber »illegal« ausgereist bin und einen kosovarischen Stempel im Pass habe.
Während wir alle mit Corona-Maske im kleinen Bedarfsflieger saßen, machte ich Schallenberg auf mein Problem aufmerksam, der mich nach einer

Lösung fragte. Ich nannte zwei Möglichkeiten: Erstens, wir bitten die kosovarischen Behörden, auf einen Stempel zu verzichten, doch da haben wir keine Garantie. Zweitens, die einfachere, balkanische Lösung ist, dass wir meinen Pass gar nicht abgeben. Kein Beamter zählt die Pässe durch und eine Liste wird wohl auch kaum jemand durchgehen. Wenn doch nachgefragt wird, dann war es eben ein Versehen, dass wir einen Pass zu wenig abgegeben haben. Im Flieger war eine junge Mitarbeiterin des Kabinetts, ihrer Redeweise nach offenbar bundesdeutscher Abstammung. Ihr verschlug es bei meinem Vorschlag fast die Sprache. Ungläubiges Staunen war die Folge, als der Außenminister mit einem Lächeln meiner pragmatischen Lösung zustimmte.

Die junge Dame verwaltete alle Pässe und gab meinen nicht ab. Niemandem fiel etwas auf, obwohl ich bei der Pressekonferenz im Flughafengebäude sogar eine Frage gestellt hatte.

Nach etwa zwei Stunden flogen wir Richtung Wien ab und bekamen unsere Pässe zurück; meiner war ohne Stempel geblieben. Bei der Übergabe sagte die junge Mitarbeiterin sinngemäß: »Da wollen die Kosovaren eine Visaliberalisierung für die EU und kontrollieren nicht einmal die Pässe einer Delegation.«

Das eine hat mit dem anderen kaum etwas zu tun, auch daher habe ich meine Zweifel, ob die »Lehrstunde« in gelebter »Balkanologie« erfolgreich war.

Medjugorje

»… und der Heiligen Jungfrau Maria«

Multikonfessioneller Einsatz des ORF in Medjugorje

Religion hat am Balkan und in der Ukraine einen höheren Stellenwert als im mehr oder minder völlig säkularisierten Österreich. Hinzu kommt, dass gerade in der orthodoxen Christenheit Religionskonflikte de facto nur politischen und nationalen Charakter tragen und somit Einfluss auf politische Beziehungen haben oder diese widerspiegeln. Ein besonderer Faktor sind die historischen Belastungen zwischen Serbisch-Orthodoxer und der Katholischen Kirche in Kroatien, die ein wesentlicher Hemmschuh für den Besuch eines Papstes in Belgrad sind. Wie dem auch sei: Religion hat mich schon immer als The-

ma sehr interessiert, zumal die Katholische Kirche – abgesehen von Slowenien und Kroatien – eine Minderheit und gleichzeitig auch die Kirche nationaler Minderheiten bildet. Berühmte katholische Wallfahrtsorte gibt es nicht viele, und der berühmteste ist zweifellos Medjugorje im Staate Bosnien und Herzegowina, dessen Geschichte mehr als vierzig Jahre zurückreicht.
Dorthin führte mich der Wunsch zweier Religionssendungen des ORF im November 2019. Anlass für den Lokalaugenschein war, dass der Vatikan das offizielle Verbot für Wallfahrten aufgehoben hatte; dem Beitrag für das TV-Magazin »Orientierung« stellte ich folgenden Moderationsvorschlag voran, der dem Zuseher einen Einblick in Geschichte und Problemstellung bieten sollte, die mit Medjugorje verbunden sind:

»Vor fast vierzig Jahren kam es an zwei weit auseinanderliegenden Orten zu Marienerscheinungen – 1981 in Kibeho in Ruanda in Afrika und in Medjugorje im damals kommunistischen Jugoslawien. Während die Katholische Kirche die Erscheinungen in Kibeho anerkannt hat, steht diese Anerkennung in Medjugorje in Bosnien und Herzegowina weiterhin aus. Nicht veröffentlicht hat Rom bisher den Bericht, den dazu eine Kommission unter Kardinal Camillo Ruini bereits vor fünf Jahren verfasst hat.

Im Mai dieses Jahres gestattete aber Papst Franziskus, dass nun Priester und Bischöfe offiziell Wallfahrten nach Medjugorje durchführen können. Dort kommt es bis heute zu mystischen Erlebnissen der Seherin Mirjana, die Gläubige als Botschaften der Gottesmutter Maria deuten. Bereits im Februar 2017 bestellte der Papst den polnischen Erzbischof Henryk Hoser zum Apostolischen Visitator für Medjugorje, eine Ernennung, die aber nicht als Präjudizierung der Bewertung der Erscheinungen gedeutet werden kann. Trotzdem hat die Genehmigung von Wallfahrten Medjugorje weiter Auftrieb verliehen, der im Vorjahr etwa eine Million Besucher aus aller Welt zählte.«

Unser Auftrag als Team war klar und dementsprechend vorbereitet: Wir sollten Wallfahrer aus Österreich auf ihrem Weg zum Ort der tatsächlichen oder vermeintlichen Marienerscheinung drehen, den Wirtschaftsfaktor Medjugorje darstellen, und wir sollten ein Interview mit Erzbischof Henryk Hoser machen, der im August 2021 an Corona verstorben ist. Das war der leichte Teil der Übung; weit schwerer und unvorhersehbarer war die Frage, ob wir Mirjana vor die Kamera bekommen würden, der als Kind Maria erschienen sein soll und die nach eigenen Angaben bis heute von ihr Botschaften empfängt.

Zwar bekamen wir kein Interview mit Mirjana, vor die Kamera aber bekamen wir sie fast hautnah, und das war vor allem ein Verdienst meines langjährigen Kameramanns Jasmin. Die Genehmigung, Mirjanas Vision oder Erscheinung zu drehen, hatte ich erwirkt. Doch Jasmin musste bereits mehr als vier Stunden vor dem Eintreffen der Frau an Ort und Stelle sein, und das auch noch bei strömendem Regen und niedrigen Temperaturen. Der Kameramann stand zunächst einige Meter von der Frau entfernt in dichtem Gedränge, weil trotz des Regens viele Gläubige gekommen waren. Als die Vision begann und Mirjana in kroatischer Sprache die Botschaft murmelte, die sie in einer Art Trance von der Mutter Gottes angeblich empfing, machte Jasmin einen Satz nach vorn und befand sich mit der Kamera direkt vor der Frau und dem Mädchen, das ihre Worte aufschrieb. Wie er mir später sagte, rechnete er damit, dass in diesem heiligen Augenblick es niemand wagen würde, ihn von seiner neuen Position zu verscheuchen.

Auf diese Weise bekamen wir exklusives Bildmaterial – und ich kann behaupten, dass ich wohl zu den wenigen Journalisten zähle, die eine aktuelle Botschaft der Heiligen Jungfrau Maria übersetzt haben! Leider fanden wir nie heraus, in welcher Sprache Mirjana diese Botschaft empfing oder ob sie telepathisch übermittelt wurde.

Trotzdem zeigt dieser Dreh jedenfalls zwei meiner journalistischen Prinzipien auf. Erstens: Nicht jeder Kameramann ist für jeden Dreh gleich gut geeignet. Daher ist die Auswahl so wichtig, denn im entscheidenden Augenblick muss der Kameramann selbstständig und allein die Lage beurteilen und handeln. Zweitens: Ich habe Beiträge über Medjugorje und andere religiöse Themen gesehen, wo sich Journalisten auch über den Glauben der Menschen lustig gemacht haben; das finde ich zutiefst verachtenswert! Natürlich habe ich mich kritisch mit der Frage auseinandergesetzt, was vor mehr als vierzig Jahren an diesem Ort tatsächlich geschehen ist. Doch dazu habe ich Personen befragt, die damals bereits in kirchlichen Kommissionen präsent waren. Solange der Vatikan mit der Anerkennung zögert und vor allem nicht die entscheidenden Dokumente veröffentlicht, bleiben berechtigte Zweifel; das ändert aber nichts an meiner Hochachtung Wallfahrern gegenüber, die tatsächlich von tiefer Frömmigkeit erfüllt sind (sie hätten nur etwas langsamer gehen sollen, damit Jasmin nicht filmen und auch noch bergauf laufen musste)!

Unser Team bestand übrigens aus drei religiösen Bekenntnissen: Jasmin ist islamischen Glaubens, er stammt aus Bosnien; Micha, mein Cutter, ist orthodoxer Serbe – und ich bin Katholik. Zwar passt Lessings »Ringparabel« nicht auf uns, aber harmoniert haben wir immer sehr gut und auch ein Produkt abgeliefert, das sich wirklich sehen lassen konnte.

Fotos oben und unten: Erscheinungsberg in Medjugorje

Medjugorje: Auf dem Erscheinungsberg

Medjugorje: Interview mit Schwester Kerstin

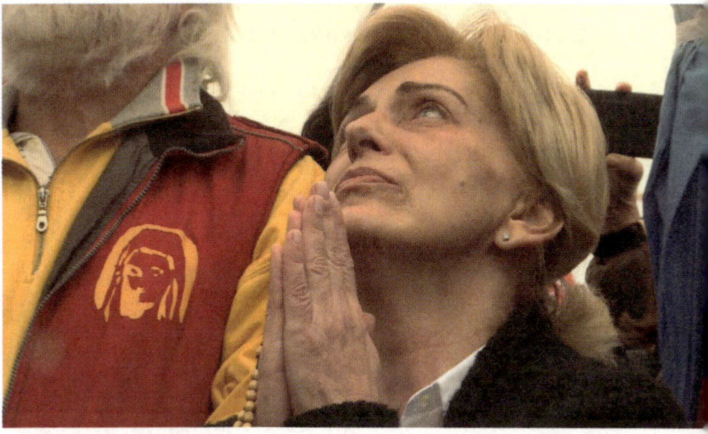

Medjugorje: Seherin Mirjana, Nahaufnahme von Kameramann Jasmin

Medjugorje: Gläubige im strömenden Regen

Ein Erzbischof als Kameraassistent

Am 10. Juli 2022 musste ich wieder einmal meinen Urlaub unterbrechen; Grund dafür war die Reise des Vorsitzenden der Bischofskonferenz, des Salzburger Erzbischofs Franz Lackner, in die Westukraine. Franz Lackner ist Franziskaner – ein Orden, bei dem ich in Graz ministriert habe –, und außerdem so wie ich Anhänger von Sturm Graz. Was soll man da machen, zumal das Programm interessant war. Zum Glück konnte ich mit dem Erzbischof in seinem Dienstwagen mitfahren, der über eine ausgezeichnete mobile Internetverbindung verfügt. Am Abend wollte die ZIB 1 einen Live-Einstieg zum Thema Krieg in der Ukraine. Über eine App am Mobil-

Erzbischof Franz Lackner meisterte die Rolle des Kameraassistenten mit Bravour telefon ist das technisch kein Thema mehr. Wenn aber kein Stativ dabei ist, muss jemand das Telefon ruhig halten. Franz Lackner meisterte diese Aufgabe auf Anhieb mit Bravour, und ich kann auf den bisher prominentesten Kameraassistenten meiner Laufbahn zurückblicken.

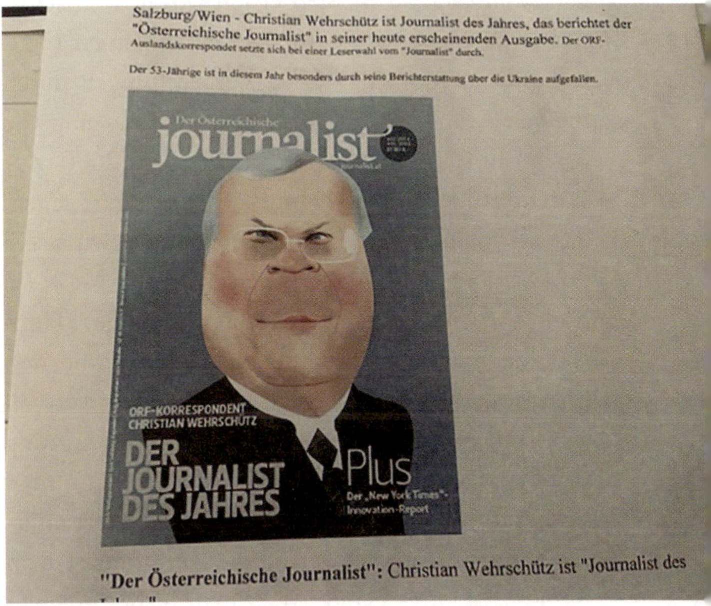
Salzburg/Wien - Christian Wehrschütz ist Journalist des Jahres, das berichtet der "Österreichische Journalist" in seiner heute erscheinenden Ausgabe. Der ORF-Auslandskorrespondet setzte sich bei einer Leserwahl vom "Journalist" durch.

Der 53-Jährige ist in diesem Jahr besonders durch seine Berichterstattung über die Ukraine aufgefallen.

"Der Österreichische Journalist": Christian Wehrschütz ist "Journalist des

»Der Österreichische Journalist«, Dezember 2014

Der zweite Geburtstag in Tetovo

Erlebnisse im Krieg in Nordmazedonien

»Große Feldherren haben es nur verstanden, ihre Soldaten in ausweglose Situationen zu bringen – den Rest besorgte dann der Selbsterhaltungstrieb!« An diesen Soldatenwitz musste und muss ich oft denken, wenn ich an meinen ersten wirklich ernsthaften Kriegseinsatz im damaligen Mazedonien (heute Nordmazedonien) denke. Vorbereitungen durch meinen Arbeitgeber gab es 2001 ebenso wenig wie bei der Entsendung nach Belgrad im Jahr 2000. Zur Ehrenrettung des ORF muss ich allerdings sagen, dass es damals weder ein derartiges Bewusstsein noch seriöse Schulungsangebote gab.

Mein Arbeitgeber hatte eben das richtige Händchen bei meiner Entsendung, wobei insgesamt meine Ausbildung zum Milizoffizier besonders wertvoll war, weil mir das die Planung und die Bewertung von Gefahren erleichterte. Gegen Minen kann man sich wappnen, gegen Artillerie und Scharfschützen allerdings nur schwer; in diesem Sinne ist man immer in Gottes Hand, wenn man in Kriegsgebieten im Einsatz ist. Nicht vorbereiten kann man sich auf völlig unvorhersehbare Ereignisse; dazu zählte eines, das sich an einer Ausfahrt der von Albanern dominierten Stadt Tetovo ereignete und mich meinen »zweiten Geburtstag« feiern ließ.

22. März 2001: Checkpoint in Tetovo

In Tetovo beschossen Truppen des Innenministeriums und Soldaten in regelmäßigen Abständen Häuser und Stellungen albanischer Freischärler, während das normale Leben ohne größere Einschränkungen ablief, sieht man von der nächtlichen Ausgangssperre ab. Die Ausfahrtsstraße führte zu Albaner-Dörfern, war an sich frei passierbar, doch wurde sie eben durch zwei einander schräg gegenüberliegende Kontrollposten überwacht. Der eine Posten hatte als Rückwand und Rückendeckung einen geschlossenen Kiosk; die Vorderseite schützten halbkreisförmig aufgeschichtete Sandsäcke; über sie hinweg überwachte ein Sonderpolizist oder ein Soldat mit seiner Waffe eher nachlässig den Verkehr, während einer seiner Kameraden an der Straße stand, um hin und wieder Stichproben zu machen. Während mein Team die Szene drehte, kaufte ich eine Flasche besseren Weinbrand für die Soldaten auf der Seite des Kiosks. Kontaktpflege ist immer nützlich und kleine Geschenke erhalten die Freundschaft, wobei ich aber betonen muss, dass ich in keinem meiner Länder bei keiner Gelegenheit jemanden bestochen habe oder von mir Schmiergeld oder Ähnliches verlangt worden wäre.

Ich schenkte den Männern den Weinbrand; sie luden mich zu sich in den engen Posten ein; so saß ich mit dem Rücken an die Wand des Kiosks gelehnt auf einem Sandsack, in der Hand ein Glas, und sprach mit den Polizisten über das Leben und die Lage. Plötzlich hörte ich von draußen Schüsse; rechts über mir feuerte ein Posten. Ich legte mich auf den Boden; reaktionsschnell griff ein Polizist nach seiner Kalaschnikow, die neben mir lehnte, und feuerte ebenfalls auf die Straße. Ich schlich mich, an die Wand des Kiosks gedrückt, aus dem Checkpoint und sah sofort die Bescherung: zwei tote Albaner auf der Straße, Vater und Sohn, ihr offenes Auto wie nach einer durchschnittlichen Verkehrskontrolle.

Was war geschehen? Mein Kameramann hat die Szene gedreht, außerdem ist sie im Internet zu finden: Ein Soldat hält ein Auto mit zwei Insassen auf; die Kontrolle beginnt; der Fahrer, der alte Mann, steigt aus und öffnet den Kofferraum; der Sohn steigt ebenfalls aus, doch es kommt zu einem Handgemenge mit dem Soldaten, der sich blitzschnell löst, damit seine Kameraden freies Schussfeld haben. Der jüngere Mann versucht noch eine Handgranate über das Auto hinweg in den Kontrollposten zu werfen, schafft es aber nicht, denn er wird ebenso erschossen wie sein Vater.

Mein Glück war die Reaktionsschnelligkeit der Soldaten! Hätte der Mann die Handgranate in den Checkpoint werfen können, in dem ich saß, hätte es vielleicht auch einen toten Journalisten aus Österreich gegeben! Einerseits hatten wir für die ZIB 1 am Abend exklusive Bilder, andererseits war ich mit dem Schrecken davongekommen und konnte wahrlich in Tetovo meinen zweiten Geburtstag feiern. Splitterschutzwesten trugen damals nur recht wenige Journalisten.

Etwa eine Stunde später rief ich meine Familie an, schilderte den Vorfall und schloss mit den Worten: »Ich lebe noch!« Ich habe weder damals noch in der Ukraine mitbekommen, wie schlimm diese Zeit für meine Töchter war. Meine Gattin erzählte mir viel später, dass meine Michaela und Immanuela damals gebannt vor dem Fernseher die ZEIT IM BILD verfolgten und dass meine jüngere Tochter einige Zeit nicht mehr in die Schule gehen wollte, weil ihr die Lehrer Angst machten. »Hast du nicht Angst um deinen Papa?« ist die dümmste Frage, die ein Lehrer stellen kann! In leicht abgeänderter Form stellten sie Journalisten vor allem 2014/15 während der Ukraine-Krise auch meiner Gattin immer wieder, die darauf stets eine passende Antwort zu geben verstand. Ich verstehe das Interesse an diesem Thema, hätte aber auch als Journalist gegenüber Erwachsenen die Frage anders formuliert, etwa so: »Wie gehen Sie und Ihre Töchter mit der Angst um Ihren Mann/Vater um?« Doch Interview-Training ist nicht Gegenstand dieses Buches.

Und mein Arbeitgeber? Der ORF war auch noch 2015 nicht wirklich auf Kriegseinsätze seiner Journalisten vorbereitet, glich dieses Manko aber dadurch aus, dass er mir wirklich in allen Belangen und Anschaffungen für unsere Sicherheit in der Ostukraine freie Hand ließ. Danach gab es auch Kurse, die der ORF finanzierte; sie organisierten ehemalige Angehörige einer britischen Spezialeinheit in der Nähe von London. Ich besuchte diesen Kurs zu einem Zeitpunkt, als ich bereits auf mehr als 15 Jahre Erfahrung zurückblicken konnte; doch Nützliches lernt man immer dazu, etwa Verhaltensrichtlinien bei Geißelnahmen oder wie man beurteilt,

welchen Verletzten man nach einem Artilleriebeschuss noch retten kann und bei welchem leider jede Hilfe zu spät kommt.
Der Tod der beiden Albaner rief Empörung unter der albanischen Volksgruppe hervor; ihr Begräbnis hätte somit auch der Anlass zu Ausschreitungen sein können. Ich hatte damals einen guten Kontaktmann, der die Familie der Erschossenen kannte. Wir durften alles erste Reihe fußfrei drehen, von der Leichenbeschau bis hin zum Begräbnis. Bedingung war nur, dass wir eine Kopie des gedrehten Materials Verwandten der beiden Männer überließen, die in einer Stadt in Niederösterreich lebten. Bei meinem nächsten Heimaturlaub traf ich den Verwandten in einem Café in Wien und gab ihm die Videokassette. Er fragte mich, ob der Sohn tatsächlich eine Handgranate in den Kontrollposten hätte werfen wollen, weil in albanischen Medien in Mazedonien diese Falschmeldung verbreitet wurde. Ich klärte den Verwandten auf, betonte aber auch, dass ich der schnellen Reaktion des Soldaten wahrscheinlich mein Leben verdankte. Wir bauten eine gute Beziehung auf; jedes Mal, wenn der Mann mit seiner Familie während des Krieges nach Tetovo fahren wollte, rief er mich an, ob die Straßen auch sicher seien und wie die Lage sei. Nach Kriegsende schenkte mir der Mann meine erste albanische Grammatik in deutscher Sprache, damit ich meine Kenntnisse verbes-

sern konnte. In weiterer Folge verloren wir einander aus den Augen.

Die bürgerkriegsähnlichen Kämpfe im heutigen Nordmazedonien hielten für mich noch viele aufregende Momente bereit. Doch damals gab es keine sozialen Medien und es war – jedenfalls in Österreich – auch noch nicht üblich, den Journalisten stärker in den Vordergrund zu stellen. Heute haben wir eine Situation erreicht, wo schon viel Wirbel gemacht wird, wenn ein Polizist einen Journalisten auch nur »schief« anschaut. Andererseits ist es zu begrüßen, dass Zuseher, Hörer und Leser nun über die sozialen Medien mehr an der Arbeit von Journalisten teilhaben, weil sie damit besser verstehen, dass hinter einem TV-Beitrag viel mehr steckt, als nur jemanden abzufilmen. Dabei gilt: Oft ist das Dorthin-Kommen, wohin man will, das Schwierigste an einem Beitrag, wie nachstehendes Beispiel zeigen soll.
Im serbisch-mazedonischen Grenzgebiet entlang der Hauptverkehrsachse von Skopje nach Belgrad leben auf beiden Seiten Albaner. Diese Bevölkerung war damals Teil einer Kette von Schmuggel und illegalen Grenzübertritten; daher war es kein Wunder, dass ich nach 2015 auch dort in rein albanischen Dörfern Afghanen und andere Migranten traf. Vor mehr als zwanzig Jahren ging es darum, in diese Dörfer auf mazedonischer Seite hineinzukommen, weil es

dort stärkere Bastionen der UCK (»Befreiungsarmee des Kosovo«) gab. Doch die regulären Zufahrtswege waren gesperrt oder durch Gefechte unterbrochen. Somit blieb im Grunde nur ein illegaler Grenzübertritt über serbisches Territorium; dabei halfen mir meine Kontakte zur UCK, und nach einigen Telefonaten hatten wir die Vereinbarung für einen Treffpunkt im Dorf Miratovac, das in Serbien unmittelbar an der Grenze zu Nordmazedonien liegt. Somit fuhren wir am späten Nachmittag eines schönen Tages im Juli 2001 beim Übergang Tabanovce/Presevo von Nordmazedonien nach Serbien und dann weiter nach Miratovac, wo mein junger albanischer Kameramann und ich die Familie meines jugendlichen albanischen Führers trafen. Ich bezahlte die vereinbarten 200 DM, das sind heute 100 Euro; wir warteten noch bis 22 Uhr, und dann ging der Nachtmarsch los.

Im Juli 2001 waren die Nächte warm, der Himmel meistens sternklar; das erleichterte uns die Sicht, aber eben auch anderen, uns zu sehen, die uns nicht hätten sehen sollen. Der Pfad erinnerte mich an meine Jugend, als wir auf der Teichalm in der Steiermark die Hügel und Berge bestiegen hatten. Außerdem fühlte ich mich auf Kara Ben Nemsis Spuren »durch das Land der Skipetaren« sowie »in den Schluchten des Balkan« – nur Rih und Hadschi Halef Omar fehlten.

Es gab keinerlei Schwierigkeiten oder brenzlige Momente; der Grund dafür sollte mir erst beim Rückweg wirklich klar werden. Links unter uns lagen gut sichtbar die zwei Grenzposten, und nach etwa einer Stunde erreichten wir den Ort Lojane. Dort wartete ein Auto mit albanischen Freischärlern, und damit begann der halsbrecherische Teil. Das Auto brauste auf einer nicht asphaltierten Straße dahin – von wenigen Augenblicken ohne Licht abgesehen, damit wir mazedonischen Einheiten kein Ziel bieten konnten. Schließlich erreichten wir unser Ziel, den Ort Vaksince, wo sich eine stärkere Gruppe von Kämpfern der UCK aufhielt.

Juli 2001: Gruppe von UCK-Kämpfern in Vaksince

Wir waren im Haus eines albanischen Gastarbeiters untergebracht; dort sprachen wir mit einigen Freischärlern und planten für den nächsten Tag; sie zeigten uns ihre Waffen, die überwiegend chinesischen Ursprungs waren und aus Lagern stammten, die in

Juli 2001: Gespräche mit Freischärlern im Haus eines albanischen Gastarbeiters, Vaksince

Albanien beim Zusammenbruch der öffentlichen Ordnung im Zuge der sogenannten »Pyramidenspiele« geplündert worden waren. Die Uniformen stammten aus einer Fabrik in der Stadt Nis, nur die Hoheitsabzeichen waren natürlich nicht in Serbien genäht worden.

Nach einer kurzen Nacht und einem kräftigen Frühstück filmten wir dann das Dorf Vaksince, einige Stellungen und einen kurzen Marsch einer – nach

UCK-Angaben – besser ausgestatteten Einheit, die mich trotzdem an Bilder über den Volkssturm aus den letzten Tagen des Zweiten Weltkrieges erinnerten. Doch Kampfkraft misst sich vor allem an den Stärken des Gegners, und die war im Falle der Mazedonier nicht besonders hoch, zumal Geografie und die Verteilung der Bevölkerung die Freischärler begünstigten.

Juli 2001: Eindrücke aus dem Dorf Vaksince

Nach Abschluss der Dreharbeiten saß ich noch auf der Wiese über dem Dorf mit Blick auf das Grenzgebiet mit einem alten Albaner zusammen, der in Deutschland als Gastarbeiter gearbeitet hatte und nun seine Pension in der Heimat verlebte: »Du weißt, dass wir Albaner von den Illyrern abstammen und das älteste Volk am Balkan sind?« Ich ließ mich auf keine Debatten über diese Frage ein und sagte nur diplomatisch: »Ich kenne die Geschichte des Balkan« und ergänzte dann: »Aber die Mazedonier da unten im Tal, die leben doch auch schon sehr lange hier?« – »Nein, das sind Zugereiste, die leben erst etwa hundert Jahre hier!«
Nach dieser interessanten Klärung historischer Zeitbegriffe hieß es am frühen Abend Abschied von Vaksince nehmen. Wir wurden noch bei Licht nach Lojane zurückgebracht, wo wir uns in den ersten Stunden einer sternenklaren Nacht an einem Sammelplatz für den Rückweg nach Serbien einfanden. Dort wartete die eigentliche Überraschung dieser Reise auf mich, die alle meine romantisch angehauchten Vorstellungen zerstörte, die ich beim Hinweg gehegt hatte. Denn dort standen etwa zwanzig Albaner, die auf den illegalen Grenzübertritt nach Serbien warteten; die älteste Reisende war eine Frau über siebzig, die schon so gebrechlich war, dass sie auf einem Maultier festgebunden und über den Pfad geführt werden musste.

Während die Karawane unbehelligt dahinzog, waren unter uns die erleuchteten Übergänge (Tabanovce/Presevo) sehr gut zu sehen. Da ging mir dann das Licht auf, dass unser Marsch wohl nichts mit Abenteuer, sondern viel mehr mit Korruption zu tun haben musste, weil Grenzpolizei und Zöllner beider Länder nicht so blind und dumm sein konnten, diese »unbürokratische Abkürzung« zwischen Serbien und Mazedonien nicht zu bemerken. Uns waren die Gründe einerlei – für uns zählten nur die unversehrt bestandene Herausforderung sowie die Exklusivgeschichte, die wir im ORF wieder auf Sendung bringen konnten.

Der illegale Grenzübertritt war einer von mehreren unmittelbareren Kontakten mit Freischärlern der UCK. Eine Reportage aus dem Hauptquartier verdanke ich einer Zufallsbekanntschaft, die ich in der Stadt Gostivar im Westen des Landes machte. Wir hatte gerade ein Interview mit dem Bürgermeister gedreht und filmten im Stadtzentrum; in der Hand hielt ich noch das Mikrofon mit dem ORF-Logo; da sprach mich ein Mann an, stellte sich als albanischer Gastarbeiter in Österreich vor und lud mich ein, sein Dorf in der Nähe zu besuchen. Wir fuhren die wenigen Kilometer und trafen dann nicht nur auf ein Dorf, sondern auf Freischärler der UCK, mit denen ich natürlich ein Interview machen wollte. Sie verwiesen mich an ihren Stab, und der wieder schlug vor, wir sollten doch gleich in das Hauptquartier nach Sipkovica fahren. Allerdings müssten wir in ein anderes Auto umsteigen, während ein Albaner mit unserem Auto in das Dorf nachkommen würde. Wir stimmten zu und warteten im Kreise von UCK-Kämpfern auf die Abholung; da sah ich zum ersten und bisher letzten Mal zwei bewaffnete Albanerinnen in dieser Gruppe; ich wusste, dass die zwei Frauen in der mazedonischen Polizei gedient und dann die Seite gewechselt hatten: »Wie beurteilen Sie die Stellung der Frau in der albanischen Gesellschaft?« – »Sie wird besser werden«, lautete die lapidare Antwort.

15. August 2001: Mit UCK-Kämpfern in Sipkovica

Schließlich wurden wir abgeholt; beim Einsteigen mussten mein Kameramann und ich schwarze Kapuzen aufsetzen, um den Schleichweg vom Dorf zum Hauptquartier nach Sipkovica nicht sehen zu können. Alles ging glatt; wir drehten einen der Kommandanten, den wir auch zur Perspektive auf Frieden befragten, das Leben im Dorf und seine Bewohner sowie einige kurze Stellungnahmen von Freischärlern; einer war besonders interessant, denn er war ein Albaner, der in den USA lebte und nur zur brüderlichen Waffenhilfe nach Nordmazedonien zurückgekommen war. Er saß in einem kleinen Café, vor sich die Waffe auf den Knien oder in der Hand, die er nach dem Friedensvertrag von Ohrid abzugeben hatte: »Was machst du, wenn die Mazedonier den Friedensvertrag nicht einhalten, du aber deine Waffe bereits abgegeben hast?« – »I'll get it back (Ich hol sie mir zurück)«, antwortete er kurz und bündig. Nachdem wir fertig waren, durften wir mit unserem Auto unseres Weges ziehen, ohne Kontrolle oder Begleitung, also völlig unbehelligt. Wir sahen bei der Rückkehr auch die staubige Straße, die man uns heraufgeführt hatte. Warum wir bei der Anreise Kapuzen tragen mussten, zählt zu den Rätseln, die ich bis heute nicht gelöst habe.

In meinem gesamten journalistischen Leben habe ich mich stets bemüht, die jeweils andere Seite zu hören (audiatur et altera pars), und zwar »ohne Zorn und Eifer«. Gut und Böse sind in Religionen fast zwangsläufig ein Grundschema; selbst bei zwischenmenschlichen Beziehungen ist diese Einteilung oft sehr ungenau, weil es viele Grautöne gibt; das gilt noch viel mehr für die Politik und für Kriege (siehe dazu das Kapitel »Zur Mahnung«, S. 231). In der Ukraine war und ist dieses Streben nach Objektivität nicht ungefährlich – auch deshalb, weil jenseits der Lippenbekenntnisse so mancher Politiker und Diplomaten eher die Mentalität dominiert: »Wer nicht für mich ist, ist gegen mich.« Doch diese Erfahrung in der Ukraine kommt an anderer Stelle ausführlich zur Sprache.

Im Mazedonien des Jahres 2001 verstanden die Albaner jedenfalls viel mehr vom politischen Marketing als die mazedonische Seite. Damit meine ich weniger die Interviews mit Politikern, die ohne größere Schwierigkeiten organisierbar waren, sondern die Gespräche mit mazedonischen Nationalisten mit engen Verbindungen auch zu paramilitärischen Gruppen. Eine davon nannte sich »Löwen«; ihre Mitglieder traten hin und wieder in mazedonischen Medien auf. Dabei ging es nicht nur um die albanische Frage, sondern auch um das belastete Verhältnis zu Griechenland und Bulgarien.

Nach einigen Telefonaten gelang es uns, ein Treffen mit Vertretern der »Löwen« in Skopje zu vereinbaren. Wir sollten am Abend zu einer bestimmten

Adresse kommen; dort stand ein recht schmuckes Einfamilienhaus; mein Kameramann und ich wurden auf den Dachboden geführt, wo bereits vermummte Männer an einem Tisch saßen, wobei hinter ihnen eine mazedonische Fahne hing.

23. August 2001: Treffen mit Vertretern der »Löwen« in Skopje

Noch verschwörerischer wurde die Atmosphäre durch das heftige Gewitter, das sich an diesem Abend über Skopje entlud; während des Gesprächs war das Donnergrollen gut zu hören; ein Filmregisseur hätte das Drehbuch nicht besser schreiben können als die Realität, die sich uns hier auf dem Dachboden bot. Während des Interviews fragte ich den Kapuzenträger, ob er wegen des Albaner-Aufstandes eine Solidarität anderer slawischer Völker mit

23. August 2001: Vermummte Männer vor der mazedonischen Fahne

23. August 2001: Christian Wehrschütz im Gespräch mit den »Löwen«

den Mazedoniern erwarte: »Die Mazedonier sind keine Slawen, sondern Nachfahren Alexanders des

Großen.« – »Aber Sie sprechen eine slawische Sprache!?«, entgegnete ich, »denn Grammatik und viele Vokabeln sind sehr ähnlich mit anderen slawischen Sprachen, die ich spreche.« – »Nein, wir sprechen die Sprache Alexanders!«

Da ich zu Beginn meiner Laufbahn mit den vielen Formen balkanischer Mythologie noch nicht so vertraut war, überraschte mich vor allem die Aussage zur Sprache. Zur Ehrenrettung der Mazedonier muss gesagt werden, dass alle Völker, für die ich zuständig bin, ihre nationalen Mythen haben. Andererseits haben mich mehr als zwanzig Jahre am Balkan – von Slowenien bis zum Kosovo – in der Überzeugung bestärkt, dass der Nationalismus kleiner Völker um nichts »besser« oder weniger gefährlich ist als der großer Völker. Auf jeden Fall hatten wir ein interessantes Interview »im Kasten«, und wie bestellt hörte nach dem Dreh auch das Gewitter auf. Die bürgerkriegsähnlichen Kämpfe in Mazedonien konnten dank des massiven Einsatzes von NATO (USA) und EU gestoppt werden, ehe auch dieses Land dem Schicksal Bosniens und Herzegowinas gefolgt wäre. Wenigstens auf dem Balkan hatte der Westen etwas aus seinem Versagen zu Beginn der 90er Jahre gelernt! Mit dem Friedensvertrag von Ohrid endeten im Spätsommer 2001 die Kämpfe. Die Umsetzung der Zusagen, die den Albanern im Vertrag gemacht wurden, dauerte ihre Zeit, erfolgte aber, und das Zusammenleben oder Nebeneinanderleben funktioniert. Mein Team und ich hatten wieder eine Bewährungsprobe bestanden; sie war eine gute Grundlage nicht zuletzt für die Einsätze während der Unruhen im Kosovo sowie dann dreizehn Jahre später in der Ukraine.

26. August 2001: Gespräche in Sipkovica

Christian Wehrschütz in einem UCK-Schützengraben in Mazedonien

»I don't need sex ...«: Zur Kleidung von Kameraleuten und Journalisten

»... the government fucks me every day.« Mit einem T-Shirt mit dieser Aufschrift filmte ein kroatischer Kameramann in Agram am 30. Juli 2009 die Sitzung der Regierung unter Ministerpräsidentin Jadranka Kosor. Wegen mangelnder Kenntnisse der englischen Sprache soll es etwas gedauert haben, bis alle Regierungsmitglieder verstanden hatten, welche Botschaft der Kameramann damit verbreitete. Doch dann folgten klare und wohl auch berechtigte Proteste beim Sender, der diesen Mitarbeiter beschäftigte. Der Sender wiederum kündigte die Zusammenarbeit mit dessen Produktionsfirma auf, und zwar wegen unprofessionellem Verhalten, eine Begründung, die nachvollziehbar ist, obwohl der Vorfall zwangsläufig für viel Heiterkeit nicht nur bei uns Journalisten sorgte.

Ich lasse meinen Mitarbeitern bei Einsätzen einen großen Freiraum, doch insbesondere bei Staatsbesuchen muss ein Mindestmaß an Achtung gegenüber dem Vertreter Österreichs auch bei der Kleidung gewahrt sein. Andererseits ist die körperliche Belastung von Drehteams auch wegen Hitze und Kälte sowie langer Wartezeiten oft sehr hoch; das ist zu berücksichtigen. Ich selbst trage nur selten eine Krawatte, meistens aber Sakko und Hemd, wenn ich nicht gerade Helm und Splitterschutzweste tragen muss. Doch auch ich hatte amüsante Erlebnisse mit meiner Kleidung. Einmal trug ich ein blau-graues Sakko, als ich Außenminister Sebastian Kurz bei seinem Besuch in Kiew interviewte; der dadurch ausgelöste Sturm im Wasserglas verfolgte mich bis nach Donezk, wo mich eine österreichische Zeitung anrief und fragte, wie ich meine Kleidung auswähle (das Sakko hatten meine Töchter gekauft!). Auch meine grüne Haube hätte einer meiner früheren Chefredakteure im Winter lieber nicht mehr auf meinem Kopf gesehen; doch die von mir in einem Ein-Euro-Shop in Salzburg gekaufte Haube war bereits zu einem Glücksbringer geworden – und wenn ich sie nicht verliere, werde ich sie auch in den kommenden Wintern tragen. Generell gilt: Die Kleidung des Journalisten soll den Zuseher nicht ablenken; aber meine Individualität lasse ich mir auch in dieser Hinsicht nicht nehmen.

Christian Wehrschütz mit seiner grünen Haube

Der Geist Casper …

Oder: Wie man zu Interviews kommt

»Unverhofft kommt oft« – lautet ein Sprichwort, das auch auf ein Interview zutrifft, das ich in der Wahlnacht am 24. November 2003 in Kroatien geführt habe. Die Wahl brachte einen Machtwechsel vom Sozialdemokraten Ivica Racan zum nationalkonservativen Ivo Sanader. Natürlich wollten wir für den ORF auch eine Stellungnahme des Wahlverlierers, doch Racans Pressesprecherin wimmelte uns ab. Trotzdem fuhren wir in Agram in die Zentrale der Sozialdemokraten, um dort die Stimmung einzuholen. Plötzlich verspürte mein Kameramann ein menschliches Rühren und der Tonassistent und ich warteten vor der Toilette. Bei seiner Rückkehr sagte der Kameramann: »Ihr werdet nicht glauben, neben wem ich soeben gestanden habe?!« – »Neben wem?« – »Neben Ministerpräsident Ivica Racan, dem Wahlverlierer!« Sofort positionierte ich mein Team einen Meter von der Toilettentür entfernt. Als Racan heraustrat, bat ich mit gebührender Höflichkeit um eine kurze Stellungnahme zum Wahlergebnis, die ich auch bekam. So verdankte der ORF ein Interview dem menschlichen Bedürfnis, das einen Politiker und einen Kameramann zufällig oder schicksalhaft im selben Raum zusammenführte, wobei wir davon profitierten, dass mein Kameramann schneller fertig war.

24. November 2003: Interview mit Ivica Racan

Die erste große Stunde – Der 5. Oktober 2000, der Sturz von Slobodan Milosevic in Belgrad, war meine erste große journalistische Bewährungsprobe und mein erster ganz großer Erfolg. Aus einem monatelang verwaisten, rückständigen Büro hatte ich mit

meinem Drehteam und meinem Cutter eine Infrastruktur geschaffen, die zeitnah berichten konnte und schlagkräftig war. Detailliert beschrieben habe ich diese Tage in meinem ersten Buch »Im Kreuzfeuer: Am Balkan zwischen Brüssel und Belgrad«. Meine erste journalistische Sternstunde kam jedoch am 7. Oktober 2000. An diesem Tag sollte Vojislav Kostunica, der Sieger der jugoslawischen Präsidentenwahl, zum Nachfolger des gescheiterten Autokraten Milosevic in Belgrad angelobt werden. Ich hatte Kostunica im Wahlkampf mehrfach begleitet und war, seinem Tross folgend, auch einmal verhaftet worden, wobei die Sache nach einigen Stunden auf der Wache der Staatspolizei glimpflich endete. Ob deswegen oder unabhängig davon, es stand jedenfalls fest, dass mir der Politiker positiv gegenüberstand. Nach seinem Wahlsieg stellten auch wir sofort einen Antrag auf ein Interview, wobei die Erfolgschancen gering waren, weil natürlich enorm viele Anfragen eintrafen, und da auch von TV-Anstalten, die bedeutender waren als der ORF.
Doch der Mensch denkt und Gott lenkt, und so kam ich doch noch zu meinem ganz großen journalistischen Erfolg. Denn am 7. Oktober 2000 stand noch ein Treffen zwischen Kostunica und dem Generalsekretär des österreichischen Außenministeriums, Albert Rohan, auf dem Programm. Rohan war einer der ersten hochrangigen westlichen Diplomaten, der

in diesen Tagen des Umbruchs nach Belgrad kam. Diese Gelegenheit dachte ich zu nutzen, und so bat ich Albert Rohan, Vojislav Kostunica zu fragen, ob er bereit wäre, mir ein kurzes Interview zu geben. Gespannt und voller Aufregung wartete ich auf das Ende des bilateralen Gesprächs, die Tür in Sichtweite, um sofort mein Team in Marsch setzen zu können. Schließlich kam Rohan heraus, sah mich, schlug sich auf die Stirn und ging zurück zu Kostunica, den er vergessen hatte, nach dem Interview zu fragen. Die Antwort war positiv, und so bekam ich, was nicht einmal das serbische Staatsfernsehen und schon gar keine andere westliche TV-Anstalt erhielt! Sofort nach dem etwa 15 Minuten dauernden Inter-

7. Oktober 2000:
Interview mit Vojislav Kostunica

view informierte ich den ORF in Wien. Das Ergebnis war mit 5 Minuten 05 Sekunden die längste Sendung, die ich je für eine ZIB 1 gestaltet habe.

Casper und der Militärchirurg – Der freundliche Geist Casper ist die Hauptfigur einer gleichnamigen Zeichentrickserie, die ich durch meine beiden Kinder kenne. Casper ist kein typischer Geist, weil er die Menschen nicht erschrecken will, sondern sehr freundlich und hilfsbereit ist. Er ist gewöhnlich weiß – auf dem Rettungsauto in der Ostukraine war er aber blau und er war rechts hinten bei der Seite des Beifahrers aufgemalt. Auf den Wagen trafen wir an jener Tankstelle, an der mein Team und ich sehr oft Splitterschutzwesten und Helme angelegt und nach dem Einsatz mit großer Freude wieder abgelegt und einen Kaffee getrunken haben. Rettungswagen in nicht allzu großer Entfernung von der Front sind immer interessant; einerseits könnten Verwundete transportiert werden, andererseits sind Gespräche mit Helfern und Ärzten immer sehr nützlich, nicht zuletzt auch für die Bewertung der Lage, um weitere Drehs planen zu können.
Ich näherte mich daher dem Auto, dessen Hintertür offen stand, hörte Geräusche und sah den aufgemalten Casper. Heraus kam ein Mann, den ich sofort als Arzt erkannte. Direkt mit der Tür ins Haus fallen wollte ich nicht, und so begann ich das Gespräch

mit dem Hinweis auf den guten Geist Casper, der die Rettungskräfte auch im Einsatz beschützen möge. Ich verwies auf meine beiden Töchter und meine Enkelin und stellte mich vor. Mein ukrainischer Gesprächspartner entpuppte sich nicht nur als Leiter der Militärchirurgen, sondern auch als sehr umgänglicher Mensch. Noch an Ort und Stelle machten wir unser erstes Interview; zugute kamen mir hier wie in vielen anderen Fällen meine Sprachkenntnisse; der Arzt freute sich außerordentlich über meine guten Kenntnisse der ukrainischen Sprache und betonte, wie wichtig es für die Ukraine sei, dass wir bereit seien, Gefahren auf uns zu nehmen. Uns beide verbindet eine wechselseitige Sympathie, und ich hoffe, dass wir einander in Friedenszeiten unter weit angenehmeren Umständen wiedersehen werden.

15 Minuten und kein Interview – Im September 2020 kam Bundeskanzler Sebastian Kurz zu Gesprächen nach Laibach. In diesem Zusammenhang bekamen wir auch ein kurzes Interview mit dem eher medienscheuen damaligen Ministerpräsidenten Janez Jansa. Das Interview dauerte insgesamt **neun** Minuten. Nach seiner Ausstrahlung in Radio und Fernsehen zeigte sich das administrative Chaos im Kabinett des slowenischen Regierungschefs. Unterschiedliche Mitarbeiter meldeten sich bei mir mit

8. September 2020: Interview mit dem damaligen Ministerpräsidenten Janez Jansa in Laibach

der Frage, wann, wo und in welcher Länge das Interview ausgestrahlt worden sei. Die slowenische Botschafterin in Wien schrieb an ORF-Generaldirektor Alexander Wrabetz einen Brief, in dem sie sich darüber beschwerte, dass das Kabinett Jansas noch nicht über die Nutzung des Interviews informiert worden sei. Der Brief kam zwangsläufig zu mir. Schadenfreude ist bekanntlich die reinste Freude und so konnte ich der Botschafterin in freundlichem Ton mitteilen, dass Fräulein XY aus dem Kabinett von mir bereits vor einiger Zeit sämtliche Informationen erhalten habe. Zur Verbesserung der innerslowenischen Kommunikation fügte ich noch Mobiltelefon-Nummer und E-Mail-Adresse der betreffenden Person hinzu.

Als ich dann im Jahr 2021 meine Dokumentation über den Beginn des Zerfalls des ehemaligen Jugoslawien zu planen begann, ersuchten wir auch um ein Interview mit Janez Jansa, der in dieser kritischen Zeit des Jahres 1991 eine interessante Rolle gespielt hatte. Als das Interview abgelehnt wurde, ließ ich über diverse Kanäle nachfragen, was der Grund dafür sei: Einerseits sei der Regierungschef wirklich sehr beschäftigt, andererseits hätte ich beim Besuch von Bundeskanzler Sebastian Kurz und dem damit verbundenen Interview meine Zusage nicht eingehalten, wonach im TV **15** Minuten davon ausgestrahlt würden. Süffisant bat ich, dem Kabinett auszurichten, dass ich diese Zusage unmöglich gemacht haben konnte, weil das gesamte Interview nur **neun** Minuten gedauert habe. Auch ohne Jansa wurde die Dokumentation ein großer Erfolg.

Hemd und Anzug – Wer ins Fernsehen kommt, will in der Regel auch passabel aussehen. Das galt auch für Botschafter Martin Sajdik, der vier Jahre lang der Chefvermittler bei den Friedensverhandlungen zwischen der Ukraine, Russland und den prorussischen Separatisten von Donezk und Lugansk war. In diesen Jahren habe ich den langjährigen und erfahrenen Diplomaten nicht nur als wirklichen Meister seines Faches kennengelernt, sondern uns verbindet auch eine Freundschaft über alle politischen Wirrnisse in Osteuropa hinweg. An einem Sonntag des Jahres 2017 kam nun Martin Sajdik zu mir in mein Büro in Kiew, um die politische Lage zu erörtern. Daraus ergab sich mein Wunsch nach einem Interview, doch der Diplomat war in Räuberzivil zu mir gekommen, und das stand einem medialen Auftritt entgegen. Zum Glück haben wir beide einen ähnlichen, nicht standardisierten Körperbau. Daher konnte ich Martin Sajdik ein Hemd borgen, und das Interview fand statt.

8. Juli 2017: Interview mit Martin Sajdik, Kiew

Kleidungsprobleme führten dagegen Ende Mai 2018 in einem Wiener Hotel zu einer unerwartet langen Wartezeit auf ein Interview mit dem

29. Mai 2018: Interview mit Hashim Thaci, Wien

damaligen Präsidenten des Kosovo, Hashim Thaci. Ich wartete mehr als eine halbe Stunde, ehe mein Gesprächspartner gut gekleidet und mit frisch gebügeltem Anzug erschien. Nach vertraulichen Angaben des Hotelpersonals musste der Anzug nach der Ankunft des Staatsgastes gebügelt werden, und Hashim Thaci soll nur diesen einen Anzug bei sich gehabt haben.

Kleidung spielt eine nicht unwichtige Rolle, obwohl Fernsehjournalisten grundsätzlich Personen ohne Unterleib sind, den man auf dem Bildschirm kaum sieht. Ein Mangel meiner Etikette brachte mich vor einigen Jahren bei einem privaten Urlaub in der Mongolei um ein Gespräch mit einem außenpolitischen Berater des damaligen Staatspräsidenten.

Ganz auf die Wüste Gobi eingestellt, kam ich zum Hintereingang des Präsidentenpalasts in Turnschuhen. Aus protokollarischen Gründen ließ mich die Wache nicht durch, doch ein Wechsel der Schuhe hätte zu lange gedauert, und so scheiterte der Termin an meiner Fußbekleidung und meiner protokollarischen Unwissenheit.

Frechheit siegt – Im Jahr 2005 wollte der bunteste aller serbischen »Geschäftsleute«, Bogoljub Karic, seinen Mobilfunkbetreiber »Mobtel« verkaufen. Ein erster Versuch war bereits gescheitert, wobei der Käufer eine russische Firma sein sollte: Das Geschäft kam aus welchen Gründen auch immer nicht zustande, wobei viele Medien in Serbien Karic überhaupt nicht glaubten, dass er für seinen Operator einen Käufer gefunden hatte. Dieser Umstand sollte in der folgenden Geschichte eine für mich wichtige Rolle spielen. Bedeutsam war auch, dass ich Bogoljub Karic aus einigen Interviews zu anderen Themen recht gut kannte.
Der zweite Käufer sollte ein Konsortium sein, das der Österreicher Martin Schlaff anführte, der bereits in Bulgarien einschlägige Erfahrungen beim Mobilfunk und dem Weiterverkauf eines derartigen Anbieters gesammelt hatte. Während die österreichische Seite dichthielt, war ich über meine serbischen Kontakte ganz gut am Laufenden über die Geschäftsan-

bahnung. So wusste ich, an welchem Tag, um wieviel Uhr und in welchem Wiener Hotel der Vertrag zwischen beiden Parteien geschlossen werden sollte. Doch zunächst wollte ich es im Guten versuchen. Daher rief ich Schlaffs Pressesprecher an und bat um die Genehmigung, bei der Unterzeichnung des Vertrages anwesend sein zu dürfen, wobei ich mich unwissend stellte, wo und wann diese Unterschriften geleistet werden sollten. Die Antwort war eine klare Ablehnung. Daher griff ich zum einzig noch möglichen Mittel und ging ins Hotel, wo ich bereits Bogoljub Karic und einen Kameramann seines TV-Senders antraf, der die Vertragsunterzeichnung filmen sollte, damit in Serbien gar keine Zweifel aufkommen konnten. Wir unterhielten uns freundlich in serbischer Sprache, bis dann die vier Österreicher eintrafen. Ich stellte mich Martin Schlaff vor und bat um die Möglichkeit, ebenso wie der serbische Kameramann an der Zeremonie teilnehmen zu dürfen. Martin Schlaff reagierte gelassen und sogar mit einer gewissen Anerkennung für meine Vorgangsweise. Somit war ich nicht nur der einzige österreichische Journalist, der beim Verkauf von »Mobtel« dabei war, sondern auch der erste ORF-Journalist, der danach mit Martin Schlaff ein Fernsehinterview gemacht hat und zu einer wirklich schönen Exklusivgeschichte kam.

Doch Serbien ist nicht Bulgarien. Daher gab es noch so manche Verwerfungen bis zum endgülti-

gen Verkauf. Zum Zug kam keine österreichische Firma, sondern die norwegische »Telenor«, die das unterdessen zwangsverstaatlichte Unternehmen um 1,5 Milliarden Euro kaufte. Dabei hat Martin Schlaff trotzdem ein gutes Geschäft gemacht.
Bleibt nur noch ein Geheimnis, das ich nun zum ersten Mal lüfte: Woher wusste ich das alles, woher wusste ich über Termin und Ort der Vertragsunterzeichnung in Wien Bescheid? Ganz einfach: Karics Kameramann war mein guter Bekannter, mit dem ich regelmäßig drehte, wenn mein erster Kameramann verhindert war oder ich einen zweiten Kameramann brauchte.

Die »schwierigste Frage« – Generell stelle ich die schwierigste Frage oder die heikelsten Fragen immer gegen Ende eines Interviews, weil ich zunächst eine gute Gesprächsbasis aufbauen will. Doch um auf Anspannung Entspannung folgen zu lassen, beginne ich meine Interviews vor allem mit ungeübten Gesprächspartnern in der Regel so: »Entgegen allen journalistischen Regeln stelle ich die schwierigste Frage immer zuerst! Wenn Sie diese Frage gemeistert haben, wird alles viel einfacher für Sie werden!« Ich spüre, wie die Spannung beim Gegenüber wächst, und setze dann fort: »Ich bin schon sechzig Jahre alt und habe unterschiedliche Mitarbeiter, die mit mir die Beiträge schneiden. Daher lautet meine erste Frage: Wie heißen Sie, wo wurden Sie geboren, und wie kamen Sie zu dieser Funktion, Aufgabe?« Wobei ich diese Details dann immer der Biografie des Gesprächspartners anpasse, die ich natürlich zuvor gelesen habe, soweit das möglich ist. In der Regel entspannt sich mein Gegenüber und lächelt meistens, und das Interview beginnt so richtig. Öfter füge ich auch hinzu, dass mir diese Angaben auch die richtige Aussprache des Namens im Beitrag erleichtern.

Doch bei einem Interview entpuppte sich diese Einleitung als Anlass für ein herzhaftes Lachen aller Beteiligten. Da interviewte ich am 14. Oktober 2019 einen chinesischen Polizisten, der in Belgrad im Einsatz war, um bei Problemen zu helfen, die Touristen aus China haben konnten (verlorener Pass, gestohlene Brieftasche etc.). Auch dieses Interview begann ich in gewohnter Manier – und bekam nach der Antwort fast einen Lachkrampf! Denn ich hatte den chinesischen Namen überhaupt nicht verstanden, und auch die Wiederholung half nicht. Am Ende des Interviews transkribierte mir die Dolmetscherin Namen und Vornamen. Das Interview verlief ansonsten problemlos, doch in diesem Fall hatte ich die schwierigste Frage – allerdings für mich! – tatsächlich am Beginn gestellt.

14. Oktober 2019: Interview mit einem chinesischen Polizisten, Belgrad

Generelles – »Ein Journalist ist nur so gut wie sein Telefonbuch«, bemerkte einst mein erster und einziger Chef im Ausland, Günter Schmidt, während meiner dreimonatigen Einschulung in Brüssel im Frühsommer des Jahres 1999. Eine andere mediale Weisheit lautet: »Ein Journalist soll pro Tag drei neue Leute kennenlernen.« Beiden Aussagen liegt die Tatsache zugrunde, dass Journalisten bei ihrer Arbeit ganz massiv auf Kontakte angewiesen sind. Dabei besteht ein gravierender Unterschied zwischen Journalisten, die im Inland arbeiten, und Auslandskorrespondenten. Denn für Entscheidungsträger welcher Art auch immer sind zwangsläufig Journalisten des eigenen Landes wichtiger als Auslandskorrespondenten. Eine Ausnahme von dieser Grundregel mag der Krieg in der Ukraine sein, weil die politische Führung in Kiew in ihrem Bemühen, möglichst viele Waffen aus den USA und Großbritannien geliefert zu bekommen, natürlich bestrebt ist, die Führung dieser Länder über ihre Medien zu beeinflussen. Denn Spitzenpolitiker und Entscheidungsträger haben viel zu tun und sind auch mit vielen Interviewanfragen konfrontiert, sodass zwangsläufig Prioritäten gesetzt werden müssen.

In diesem Zusammenhang kann folgende Grundregel formuliert werden: Je wichtiger der Entsendestaat des Auslandskorrespondenten für sein Zielland ist, je freundschaftlicher auch die Beziehungen sind, desto leichter ist grundsätzlich der Zugang zu Entscheidungsträgern. Als weitere wichtige Faktoren kommen noch das Ausmaß der Medienfreiheit und die Kritikfähigkeit der politischen Elite hinzu, die von Land zu Land verschieden sind. Wesentlich ist auch das Image, das sich ein Journalist durch seine Arbeit im Ausland über all die Jahre erwirbt, weil Seriosität und Handschlagsqualität ganz wesentlich sind.

In der Regel kann auch ein noch so guter und fleißiger Korrespondent die tatsächliche oder vermeintliche Bedeutungslosigkeit seines Entsendestaates nur beschränkt ausgleichen; noch viel schwieriger ist es, wenn sein Staat als Feindstaat gilt, wie das auf Österreich in der Ukraine, während der Schwarz-(Türkis)-Blauen-Regierung, zutraf. Das Image hat sich zwar etwas geändert, doch Österreich ist weder NATO-Mitglied noch Waffenlieferant und insgesamt eher eine vernachlässigbare Größe; das wirkt sich zwangsläufig auf die journalistische Arbeit aus, zumal ich nicht bereit bin, Abstriche von meinen journalistischen Standards zu machen. Gefälligkeitsinterviews – wie manche Sender – mache ich nicht! »Kulant im Ton, hart in der Sache« lautet einer meiner Grundsätze. Zu den Prinzipien meiner Interviewführung zählt, dass ich mich stets um ein konstruktives Gespräch mit der betreffenden Person bemühe; inquisitorische Interviews oder die journalistische Selbstdarstellung, die manche vermeintliche Lichtgestalten dieses Genres praktizieren, habe ich stets abgelehnt.

Corona-Lockdown als Test für meine Ehe

Mitte März 2020 begann in Österreich der totale Lockdown wegen der Corona-Pandemie. In manchen Ländern Europas wurde der Flugverkehr aber bereits einige Tage früher eingestellt. Knapp vor dem Ende aller Reisetätigkeit war ich am 7. März bei meiner Gattin in Salzburg. Für mich stellte sich die Frage, bleibe ich daheim, oder kehre ich im letzten Moment noch nach Belgrad oder nach Kiew zurück, Städte, in denen meine beiden Büros sind, wobei in Kiew Büro und Wohnung im selben Appartement sind, was den Aufenthalt persönlicher gestaltet hätte. Andererseits waren auch die Corona-Entwicklungen am Balkan für Österreich weit wichtiger als die Lage in der Ukraine. Nach Abwägung aller Taxen trafen der ORF und ich die richtige Entscheidung: Österreich. Ein wesentliches Argument lautete: »Wir wollen keine Probleme mit dir, nicht nur wegen Corona, sondern stell dir vor, du brichst dir in Kiew oder Belgrad den Fuß! Wie bringen wir dich nach Österreich!?« Mir war das sehr recht, weil zu zweit erträgt man eine Krise an sich leichter als isoliert und allein.

Rasch gelang es mir auch, meine Mitarbeiter in allen meinen Zielländern von Tirana bis Donezk aus der Verunsicherung zu reißen. Zugute kam mir die dezentrale Organisation, hatte ich doch in jedem Land ein

Drehteam und einen Produzenten, wobei ich in der großen Ukraine eben in den wichtigsten Städten meine Mitarbeiter sitzen hatte. Auf diese Weise produzierten wir bis Ende Mai, als ich wieder zu reisen begann, mehr als vier Stunden Programm, aber kaum Live-Einstiege, sondern tatsächlich Sendungen. Die Masse aller Interviews machte ich über Skype, und dabei spielte meine Gattin in unserer Wohnung in Salzburg eine wichtige Rolle. Denn bei Interviews braucht man Bilder, sogenannte Zwischenschnitte oder auch ein »Falsches Doppel«, um mehrere Zitate gut in einem Beitrag verarbeiten zu können. Derartige Bilder zeigen den Journalisten im Gespräch mit dem Interviewpartner, das heißt, ich kann sie nicht selbst filmen, weil ich mich eben selbst nicht wirklich drehen kann. Diese Aufgabe löste bravourös meine Gattin, die binnen fünf Minuten in der Lage war, mit meinem Mobiltelefon derartige kurze Videos zu filmen. Sie bekam dafür kein Honorar, aber am Ende des Lockdowns und bei der Wiederaufnahme meiner Reisetätigkeit einen schönen Blumenstrauß als Dank von ORF-Generaldirektor Alexander Wrabetz. Meine Gattin und ich haben den Lockdown übrigens in trauter Zweisamkeit gut überstanden, obwohl wir in den vergangenen zwanzig Jahren noch nie mehr als zwei Monate ununterbrochen zusammen waren. Wir sehen das als gutes Omen für meine Pension in einigen Jahren.

Corona-Lockdown: Fotos auf dieser Doppelseite von Elisabeth Wehrschütz

Einreiseverbot und Medienfreiheit

Von der Schikane über die Halbinsel Krim zum Einreiseverbot in der Ukraine

»Audiatur et altera pars« ist ein Grundsatz des römischen Rechts. Er steht für den Anspruch auf Parteiengehör vor Gericht. Der Grundsatz bedeutet, dass der Richter alle am Prozess Beteiligten zu hören hat, bevor er sein Urteil fällt. Dieser Grundsatz ist auch im Journalismus unverzichtbar, und zwar aus mindestens drei Gründen: Erstens sind die Konflikte in der Welt in den seltensten Fällen auf »Schwarz-Weiß« oder »Gut-Böse« zu reduzieren; somit verteilen sich Lüge und Wahrheit, Recht und Unrecht auf Konfliktparteien, wobei die richtige Beurteilung des Ausmaßes dieser Verteilung vielfach schwierig ist. Zweitens wappnet sich der Journalist durch umfassendes Parteiengehör ebenso wie der Richter vor der Manipulation durch eine Konfliktpartei; somit führt – drittens – erst der Vergleich zweier oder mehrerer Positionen zu einem umfassenden Lagebild, das dann im Idealfall durch die Nutzung unabhängiger Quellen überprüft werden kann.

Während aber bei Gericht die Parteien zum Richter kommen, hat der Journalist in der Regel diese Parteien selbst aufzusuchen. Das ist zu dem Zeitpunkt, als ich diese Zeilen schreibe, leider de facto unmöglich, weil der Konflikt in der Ukraine eine Dimension erreicht hat, die ein »Pendeln« über die Frontlinie und wieder zurück zu riskant macht. Diese Feststellung ist nicht nur durch die Lebensgefahr begründet, die ein Passieren der Frontlinie ohne klare Regeln bedeutet; in Rechnung zu stellen ist auch, dass die Verkehrsverbindungen weitgehend unterbrochen sind; außerdem ist es fraglich, ob in meinem konkreten Fall die ukrainische Führung in Kiew die Rückkehr auf ihr Territorium gestatten würde. Eine Fahrt zum Beispiel nach Mariupol oder Donezk über Russland verbietet sich von selbst, weil die politische Führung in Kiew darin zurecht ein illegales Überqueren ihrer Staatsgrenze sehen würde. Dieser Umstand mag für Journalisten, die nicht in der Ukraine arbeiten oder gar in Russland stationiert sind, verkraftbar sein, nicht aber für einen Korrespondenten mit Sitz in Kiew. Fraglich ist weiters, in welchem Ausmaß eine Berichterstattung in den russisch besetzten Gebieten möglich wäre, die wenigstens einigermaßen einem freien und unabhängigen Arbeiten nahekommt.

Die zuvor geschilderten Probleme und Bedenken bestanden zwischen den Jahren 2014 und 2019 – bis zum Beginn der Corona-Pandemie – nur in Ansätzen. In diesem Zeitraum waren Reisen auf die von Russland annektierte Halbinsel Krim sowie in die Separatistengebiete von Donezk und Lugansk noch auf legalem Wege möglich. Dabei galten unterschiedliche Vorschriften für Donezk und Lugansk sowie für die Halbinsel Krim. In der Ukraine gibt es leider keine Akkreditierung für ausländische Journalisten an sich; für das Parlament sowie für die Arbeit in der Nähe der Waffenstillstandslinie, aber auch für das Queren der Frontlinie bedurfte es einer Akkreditierung sowie einer Genehmigung der Geheimpolizei SBU (Staatssicherheitsdienst der Ukraine). Diese Genehmigungen erhielt mein Team aus Donezk (Wassili – Kameramann, Igor – Fahrer und Produzent) stets bis zum Jahr 2018. Dann setzten die ersten Schikanen ein, die zunächst nicht leicht von der damals noch viel langsamer arbeitenden ukrainischen Verwaltung zu unterscheiden waren. Was dieses Schneckentempo für mich und meine damalige Mitarbeiterin bedeutete, zeigt das in diesem Kapitel ebenfalls veröffentlichte »Stück« mit dem Titel »Die 33 Tage des Franz Kafka in der Ukraine«. Geschrieben hat es meine damalige Mitarbeiterin im Büro in Kiew auf meine Bitte hin, um für den ORF die bürokratischen Herausforderungen dokumentieren zu können, die unsere journalistische Arbeit ebenfalls beeinträchtigten. Dazu zählt auch die Art der Ausstellung der Akkreditierung für die ukrainische

Seite der Frontlinie; sie dauerte in der Regel mehr als einen Monat, manches Mal sogar zwei, war aber auf sechs Monate befristet. Da als Ausstellungsdatum für die Akkreditierung das Einreichungsdatum genommen wurde, hatten wir meistens nur eine gültige Akkreditierung von etwas mehr als vier Monaten, und dann begann der Prozess wieder von vorne. Auf der Seite der Separatisten, die ich damals nach dem internationalen (englischen) Sprachgebrauch als prorussische Rebellen bezeichnete, waren zwei Akkreditierungen erforderlich, eine zivile und eine militärische, und zwar jeweils für Donezk und Lugansk, machte insgesamt vier Stück. Bei ihrer Ausstellung war Donezk weit »großzügiger« als Lugansk, sodass ich bis zu Beginn der Corona-Pandemie weit öfter über die Entwicklungen im Raum von Donezk berichten konnte als aus Lugansk. Um die Entwicklung von Menschen und Territorien wirklich beurteilen zu können, muss der Journalist mit diesen Personen reden und in diesen Gebieten sein. Daher waren mir diese Reisen so wichtig, daher nahmen wir alle bürokratischen Herausforderungen in Kauf, wobei ich stets bemüht war, auch von beiden Seiten der Frontlinie zu berichten, und zwar auch von den Dörfern, die dort immer mehr verödeten. Mein Credo nach all diesen Reisen bestand stets aus folgenden Botschaften: Die Russifizierung der Gebiete von Donezk und Lugansk wird immer stärker, je länger die Umsetzung der Friedensvereinbarung von Minsk auf sich warten lässt; diesen Prozess hatte das von Kiew unter Präsident Petro Poroschenko im Februar 2017 verhängte Wirtschaftsembargo gegen die sogenannten »Volksrepubliken« stark beschleunigt; daher muss dieses Embargo als Wendepunkt für die Ostukraine bezeichnet werden, den der Westen (USA und EU) damals offensichtlich mit großem Desinteresse zur Kenntnis nahm. Das galt leider auch für den Krieg selbst.

Mit dem Ausbruch der Corona-Pandemie wurde alles noch viel schlimmer. Beide Konfliktparteien schlossen die fünf Übergänge über die etwa 450 Kilometer lange Frontlinie, die nur mehr in Ausnahmefällen passiert werden konnte. Das führte zu vielen menschlichen Tragödien etwa bei Todesfällen, weil Verwandte weder ihren Angehörigen die letzte Ehre erweisen noch sich um Hinterbliebene kümmern konnten, die in manchen Fällen auch Kleinkinder waren. Über derartige Fälle habe ich bei meinem bisher letzten Besuch in Donezk im November 2021 ebenfalls berichtet. Im »Kalten Krieg«, während der deutschen Teilung und während des Bestehens der Berliner Mauer, lautete ein Spruch: »Ich habe noch immer einen Koffer in Berlin!« Damit sollte ausgedrückt werden, dass man sich mit der Teilung nicht abgefunden hatte. Ich habe noch immer einen Koffer im Hotel »Donbass Palace« in Donezk. In diese Stadt, die für mich stets ein Aushängeschild der Ukraine war, würde ich gerne wieder als Journalist zurückkehren, obwohl ich mir bewusst bin, dass zu dem Zeitpunkt, als ich diese Zeilen schreibe (Sommer 2022), keine Voraussetzungen dafür bestehen. Mein »Ceterum censeo« bestand darin, davor zu warnen, dass ein Konflikt niedriger Intensität immer zu einem Flächenbrand werden könne, solange die Friedensvereinbarung von Minsk nicht umgesetzt worden ist – eine Warnung, die am 24. Februar ihre traurige Bestätigung erfahren hat.

Klar wurde uns, dass hinter der ukrainischen Bürokratie Methode stand, als meinem Team in Donezk zum ersten Mal die Akkreditierung für die ukrainische Seite der Frontlinie verweigert wurde. Auf mehrfaches Nachfragen nach dem Grund dafür teilte uns eine Mitarbeiterin dieser Behörde telefonisch mit, dass mein Produzent und Fahrer sowie mein Kameramann den russischen Separatisten zu viele Interviews gegeben hätten und es den beiden daher an patriotischer Gesinnung fehle. Abgesehen davon, dass »Gesinnung« nur in undemokratischen Staaten ein Kriterium für eine Akkreditierung sein dürfte, war die Begründung völlig schwachsinnig. Denn mein Kameramann und mein Fahrer/Produzent in Donezk haben niemals Interviews irgendeinem anderen Medium gegeben; ich habe sie allerdings für meinen Film über Donezk im Jahr 2015 interviewt, doch das lag damals bereits drei Jahre zurück. Nach diesem »Nein« setzten wir wieder alle diplomatischen Hebel in Bewegung, die schließlich zum Erfolg führten, wobei ich mir in der Zwischenzeit mit anderen Kameraleuten behalf, um der Schikane die Spitze zu nehmen.

Ich war und bin in keinem Land bereit, inhaltliche Kompromisse zu machen, um mir das Leben als Journalist zu erleichtern oder durch »Hofberichterstattung« an Interviews zu kommen. Das galt und gilt natürlich auch für die Ukraine. Ihre militärische Führung verletzte das humanitäre Völkerrecht ebenso, wie die politische Führung in Kiew nicht bereit war, die Friedensvereinbarung von Minsk umzusetzen; diese Feststellung trifft auch auf die russischen Separatisten und ihre Kuratoren in Moskau zu. Mir war klar, dass ich mich mit meinen klaren Worten bei der politischen Führung in Kiew ebenso wenig beliebt machte wie mit meiner Berichterstattung über den immer stärker werdenden Druck, den Präsident Petro Poroschenko und Co. auf regimekritische Medien ausübten. So erhielt in dieser Zeit ein bekannter ukrainischer Journalist politisches Asyl in Österreich, den ich ebenfalls interviewt habe. Aus einigen mündlichen Ausbrüchen des damaligen ukrainischen Botschafters in Wien wusste ich, dass man in Kiew auf mich »sauer« war. Der »Diplomat« war dabei ebenfalls keine Hilfe, weil sein Auftreten nicht nur in der Öffentlichkeit, sondern auch mir gegenüber so war, dass ich ihn wissen ließ, dass weitere Kontakte erst dann sinnvoll seien, wenn er seine Rolle in Österreich mit sich selbst geklärt habe – sprich: ob er ukrainischer Botschafter in Wien oder römischer Prokonsul in der Provinz Vindobona sein wolle …

Von der Halbinsel Krim zum Einreiseverbot

Noch komplizierter als die Reisen in die Separatistengebiete von Donezk und Lugansk waren Reisen auf die Halbinsel Krim, die Russland im Frühling des Jahres 2014 annektiert hatte. Zunächst brauchte ich eine Empfehlung des damaligen Informationsministeriums in Kiew, das diese Reise als journalistisch sinnvoll zu befinden hatte. Danach brauchte ich eine Genehmigung der Grenzpolizei für den Übertritt auf das »befristet besetzte Gebiet«. Hatten wir das alles zusammen, beantragte ich noch eine Drehgenehmigung für die ukrainische Seite der »Grenze«, denn wir wollten natürlich auch zeigen, wie der Personenverkehr ablief. Er betraf vor allem private Besuche, hatte doch Kiew ein Warenembargo und damit die wirtschaftliche Integration der Halbinsel in Russland – warum auch immer – beschleunigt.

Eine Drehgenehmigung für den russischen Grenzübergang bekam ich nie, und in der Regel haben mich die russischen Beamten noch viel länger und umfassender gefilzt und durchleuchtet als die ukrainischen Beamten. Um auf der annektierten Krim drehen zu können, brauchte ich ein Visum für Russland, eine befristete Akkreditierung für Russland als Journalist sowie ein lokales Kamerateam, das ebenfalls eine Akkreditierung in Russland haben musste. All diese Anforderungen erfüllte ich. Trotzdem nahm ich bei dieser bisher letzten Reise im Sommer 2018 auch noch meinen Kameramann aus Donezk und meinen Fahrer/Produzenten aus Donezk mit; das hatte zwei Gründe: Erstens mussten wir auch die ukrainische Seite drehen, und zweitens wollte ich ein Interview mit einem Anwalt der Krimtataren machen, mit dem ich über Menschenrechtsverletzungen gegenüber dieser Volksgruppe sprechen wollte. Da war mir ein Kameramann lieber, der nicht von der Krim stammte, weil dann keiner der Beteiligten Probleme mit den russischen Behörden haben konnte. Das Interview fand außerdem erst kurz vor der Rückkehr nach Kiew statt, so dass auch der Zeitfaktor auf unserer Seite war.
Eine Attraktion war die famose 18 Kilometer lange Krim-Brücke, die Moskau um mehr als 3,5 Milliarden US-Dollar gebaut hatte, um die Halbinsel mit dem russischen Festland zu verbinden. Wir fuhren

also zur Stadt Kertsch, wo die Brücke in der Nähe ihren Ausgang nahm. Dort stieg ich aus dem Auto aus, um keine Grenzverletzung zu begehen, weil die Brücke auf russisches Festland führte. Die Sensibilität dieses Umstandes war mir bereits aus dem Kosovo bewusst, lässt Serbien doch nach wie vor nur Personen einreisen, die einen international anerkannten Grenzübergang nutzen. Als ich daher am 30. Juli 2018 das Foto von der Brücke auf Facebook postete, schrieb ich darunter folgenden Text, den auch das Foto zeigt:

»Noch ein Nachtrag: Ich selbst habe die Brücke nicht befahren, das taten der lokale Kameramann und ein Fahrer, dem ich auch mein Handy mitgegeben habe. Grund: Um die ukrainische Gesetzgebung nicht zu verletzen, blieb ich auf der Halbinsel Kertsch, denn ich darf ja nicht illegal nach Russland einreisen.«

Nennenswerte Reaktionen von ukrainischer Seite blieben völlig aus; auch vom damaligen Botschafter in Wien erhielt ich keine Anfrage; das war eine Person, die jedenfalls nicht zum »Urgestein« der Maidan-Bewegung zählte und sich immer wieder in meine Arbeit auf rüde Weise einzumischen versuchte. Als ich am 7. März 2019 während des Schnitts für ein »Weltjournal« in Wien mit dem Einreiseverbot in die Ukraine belegt wurde, diente ausgerechnet diese Episode mit der Krim-Brücke als falsche Anschuldigung, um das Einreiseverbot zu begründen. Zwischen diesen sieben Monaten lagen Berichte, die die politische Führung in Kiew erzürnt hatten, wie mir aus verschiedenen ukrainischen Quellen hinterbracht wurde. Dazu zählte die finanziell klar belegbare Feststellung, dass Russland in den vier Jahren seit der Annexion mehr in die Infrastruktur der Halbinsel Krim investiert hatte als die Ukraine in mehr als zwanzig Jahren davor. Hinzu kam meine Analyse, dass die Sperre des Kanals durch die ukrainische Führung, der die Hauptader der Wasserversorgung der Halbinsel bildete, von der Bevölkerung ebenso negativ bewertet wurde wie das Handelsembargo. Beide Maßnahmen beschleunigten zudem die Integration der Krim in Russland, doch eine Rechtfertigung der Annexion war damit nie verbunden. Denn die Integration der Krim in den russischen Staat hatte auch negative Folgen, und das sogenannte Referendum entsprach 2014 keinerlei demokratischen Standards.

Besonders übel nahm mir die politische Führung in Kiew meine Berichterstattung darüber, wie sehr kritischer Journalismus unter Präsident Petro Poroschenko immer mehr geknebelt wurde. Dazu zählte ein Interview mit einem ukrainischen Journalisten, der von Österreich eben aus diesem Grund politisches Asyl erhalten hat und bis jetzt von Österreich aus arbeitet. Belastend wirkte noch das grundsätzliche Bild Österreichs, das in der Ukraine als Verbündeter Russlands und daher als Feindstaat galt.

Das gegen mich am 7. März 2019 verhängte Einreiseverbot, das am 11. April wieder aufgehoben wurde, war aber nicht nur wegen der vorrangigen Begründung absurd, die das ukrainische Außenministerium verbreitete (»Bewusste Verletzung der ukrainischen Staatsgrenze, Beteiligung an Rechtfertigungsversuchen der Annexion der Krim, antiukrainische Propaganda«). So besaß ich auch damals eine gültige Aufenthaltsgenehmigung für die Ukraine, die nie aufgehoben wurde, während andere ukrainische Begründungen lauteten, das Einreiseverbot diene dem Schutz meines Lebens, hatte ich doch auf den Umstand verwiesen, dass mich ukrainische Ultranationalisten auf ihrer Webseite zum Staatsfeind erklärt hatten. Gerichtlich konnte ich gegen den ukrainischen Botschafter in Österreich wegen dessen diplomatischer Immunität nicht vorgehen; aber klagen konnte ich sehr wohl in der Ukraine gegen das Einreiseverbot, und das tat ich mit Hil-

fe eines prominenten Anwalts, der zwangsläufig ein Gegner von Petro Poroschenko war. Massive diplomatische Unterstützung erhielt ich von der damaligen Außenministerin Karin Kneissl, von der damaligen Botschafterin in Kiew Hermine Poppeller, von einigen internationalen Medien-Wachhunden sowie von einigen österreichischen Tageszeitungen. Ihnen bin ich heute noch sehr dankbar, obwohl Kneissls Hofknicks vor Vladimir Putin Österreich in der Ukraine natürlich massiv geschadet und mir das Arbeiten ebenfalls erschwert hat.
Während nur ganz wenige ukrainische Medien bei mir um ein Interview anfragten, konnte ich mich der Anfragen russischer Medien kaum erwehren. Ich gab aber keinem einzigen russischen Medium ein Interview, weil mir die Absicht hinter diesen Anfragen klar war und ich nicht als Instrument für Propaganda von einem Staat missbraucht werden wollte, in dem es um die Freiheit der Medien noch schlechter bestellt war als in der Ukraine.

Besonders wichtig beim Überstehen dieser Herausforderungen waren meine Mitarbeiter in der Ukraine und mein Büro in Belgrad. Meine Teams in Kiew und anderen ukrainischen Städten hielten mir und dem ORF die Treue; daher konnten wir – nicht zuletzt dank guter Internetverbindungen – eine respektable Berichterstattung über den ersten Durch-

gang der Präsidentenwahl in der Ukraine vorweisen; die meisten Beiträge bereitete ich in Belgrad vor, die Interviews führte ich über Skype, Wahltag und Wahlnacht verbrachte ich aber im ORF-Zentrum in Wien. Bereits nach dem ersten Wahlgang war klar, dass Petro Poroschenko sein Amt nicht würde behalten können, zu groß war der Erfolg des Kabarettisten und Schauspielers Volodimir Selenskij. Sein sich abzeichnender Sieg und der damit bevorstehende Machtwechsel sowie der massive Einsatz von Karin Kneissl und Hermine Poppeller führten schließlich am 11. April, nur wenige Tage nach dem ersten Wahlgang, zur Aufhebung des Einreiseverbots in die Ukraine. Offensichtlich war ich nun keine »Bedrohung der nationalen Sicherheit« der Ukraine mehr, wie eine der Begründungen gelautet hatte.
All diese Ereignisse zeigen, wie sehr das Einreiseverbot politisch motiviert war. Geschadet hat es vor allem dem Image der Ukraine. Ich selbst habe dem Druck standgehalten und bin mir selbst und meinen journalistischen Grundsätzen, die ich eingangs skizziert habe, treu geblieben.

PS: Diesem Text beigefügt sind zwei Dokumente aus dieser Zeit, die erahnen lassen, wie schwierig die Arbeitsbedingungen damals in der Ukraine waren.

27. März 2019: Wahlveranstaltung von Volodimir Selenskij in Dnipro

Erste Wahlnacht: Kameramann interviewt Menschen in Kiew

Christian Wehrschütz im Skype-Interview mit Michael Okhendovskyj, Chair of Central Election Commission of Ukraine 2013–2018, ORF-Büro Kiew

Christian Wehrschütz im Skype-Interview mit Vasyl Filipchuk in dessen Büro

Dokument 1

Die 33 Tage von Franz Kafka in der Ukraine

Eine Groteske in sieben Akten

Vorbemerkung

Dieser Text entstand am 13. März 2018; der Titel stammt von mir, geschrieben wurde er in meinem Auftrag von meiner damaligen Sekretärin Inna. Meine Absicht war es, für meinen Arbeitgeber ORF, aber auch für nationale und internationale Medien-Wachhunde die Umstände und bürokratischen Hürden zu dokumentieren, mit denen wir damals in der Ukraine konfrontiert waren. Daher wurde der Text zunächst in englischer Sprache verfasst, um eine größere Breitenwirkung zu erzielen. Die geschilderten Vorfälle ereigneten sich vor meiner Reise auf die Krim und vor meinen Berichten über die immer autoritärer werdende Medienpolitik von Präsident Petro Poroschenko. Das Motiv des Schikanierens eines unliebsamen Journalisten dürfte somit damals noch nicht gegeben gewesen sein. VORHANG AUF!

Drehbuch und Szenario

Ort: Linz, Kiew, Mariupol
Dramatis personae:
Hauptheldin: Inna, Sekretärin des Österreichischen Fernsehens in Kiew
Anonyme Spieler: Pressedienst des Geheimdienstes (SBU) und des Hafens von Mariupol
Christian Wehrschütz, Korrespondent des ORF
Opfer: das Bild der Ukraine, der Beitrag über ein erfolgreiches österreichisches Investment in der Ukraine

Wir arbeiten an einer Fernsehsendung, in der wir die Ankunft eines Schiffes mit Maschinen für eine der Fabriken im Hafen von Mariupol filmen müssen. Ein österreichisches Unternehmen aus Linz liefert die Maschinen für die Modernisierung des ukrainischen Werks.

Die Dreherlaubnis in Mariupol zu bekommen, ist ein Drama in mehreren Akten mit fatalem Finale für ausländische Massenmedien.

Akt 1

Der Hafen von Mariupol hat uns ersucht, die Genehmigung für Filmaufnahmen von der Grenzpolizei und der Geheimpolizei/dem Geheimdienst der Ukraine (SBU) zu bekommen.

Die Grenzpolizei der Ukraine hat uns die Genehmigung innerhalb von 24 Stunden erteilt; der Geheimdienst der Ukraine (SBU) im Gebiet Donezk hat unseren Brief angenommen und versprochen, ihn zu prüfen.

Akt 2

Nach mehreren Tagen des Wartens rufen wir die Geheimpolizei an. Nach Darstellung des Vertreters der Behörde ist gemäß der Gesetzgebung die Hafenverwaltung befugt, solche Entscheidungen selbst zu treffen, und die Genehmigung des SBU ist nicht erforderlich.

Akt 3

Wir rufen den Pressedienst des Hafens an und erklären ihm noch einmal, was wir filmen müssen. Leute vom Hafen sagen, dass sie nicht gegen das Filmen sind, aber sie brauchen die SBU-Erlaubnis. Wir zitieren den SBU-Vertreter und sagen, dass die SBU-Erlaubnis nicht erforderlich ist. Der Hafen besteht auf einer schriftlichen Antwort des SBU.

Akt 4

Wir senden eine schriftliche Anfrage an den SBU mit der Bitte, uns eine schriftliche Mitteilung zu übermitteln, dass der Hafen eigenständig die Entscheidungen treffen kann. Wir erhalten keine Antwort. Der Versuch, den Prozess über moderne Kommunikationsmittel zu beschleunigen, bleibt erfolglos.

Akt 5

Wir bekommen eine Empfehlung, uns an das Verkehrsministerium zu wenden. Wir rufen an und schreiben dem Direktor. Wir erhalten keine Antwort.

Akt 6

Wir wenden uns an unsere Beamten der Grenzpolizei mit der Frage, was wir in der Situation tun sollen, wenn der SBU sagt, dass keine Genehmigung erforderlich ist, der Hafen sie jedoch verlangt. Die Antwort: Es liegt außerhalb unserer Kompetenz. Wir haben von unserer Seite die Drehgenehmigung erteilt.

Akt 7

In der Zwischenzeit schreiben die österreichischen und ukrainischen Unternehmen einen Brief an den Hafen mit der Bitte, die Erlaubnis zum Filmen zu erteilen. Es kommt eine Ablehnung mit Begrün-

dung: Der Hafen sei eine Hochsicherheitsanlage und jegliches Filmen sei verboten. Auch der endgültige Zweck der Dreharbeiten und der Kanal, der das Fernsehprogramm ausstrahlen wird, sei in dem Antrag nicht genannt worden. Der Hafen trägt die Verantwortung für die Vertraulichkeit von Geschäftsgeheimnissen und Daten.
Nach der Ablehnung war der Pressedienst des Hafens noch bereit, uns filmen zu lassen, wenn wir die Antwort des SBU liefern, die wir natürlich nie in schriftlicher Form bekamen.

Das Ende des »Prozesses« (Kafka)

Ende Februar gab es ein freundschaftliches Treffen zwischen mir und einem ehemaligen Minister. Er hat versucht, uns zu helfen; informell erhielten wir dann die Information, dass das Hindernis für den Dreh im Hafen von Mariupol der Kameramann sei; er lebte immer noch in Donezk, aber er hatte die Akkreditierung für das Kriegsgebiet auf ukrainischer Seite, die ohne Genehmigung des SBU nicht erteilt worden wäre.
Wir hatten zwar nur ein Gerücht, trotzdem haben wir den Kameramann sofort gewechselt und einen lokalen Kameramann aus Mariupol akkreditiert. Dennoch gab es weder eine Reaktion, noch eine Drehgenehmigung.

Das Schiff hatte bei der Durchfahrt durch den Bosporus Probleme mit hohem Seegang; daher verzögerte sich seine Fahrt zum Hafen von Mariupol. Als es schließlich einlief, konnten wir seine Einfahrt nicht filmen, auch deshalb nicht, weil die Hafenadministration an diesem Feiertag nicht arbeitete. Eine Genehmigung hatten wir ohnehin nicht. Die Entladung dauerte bis 12. März.
Wir haben den Prozess mit der Beantragung der Drehgenehmigungen am 7. Februar begonnen und er dauerte bis zum 12. März, das sind 33 Tage. Meine Sekretärin hat ungefähr 19 Stunden ihrer Zeit investiert, um Anrufe, Briefe und E-Mails zu bearbeiten, um Dinge zu erledigen. Meine Zeit ist darin nicht enthalten.

Postskriptum: Dieser bürokratische Spießrutenlauf ist in der Ukraine kein Einzelfall, obwohl es viele Ämter und Behörden gibt, die wirklich bemüht sind, ihre Arbeit so gut und rasch wie möglich zu erledigen. Oberhalb des Hafens liegen ein kleines Café und ein kleiner Park. Zum bisher letzten Mal war ich am 24. Februar 2022 in der Früh, am Tag des russischen Angriffs, dort. Von oben ist der Hafen völlig frei einsehbar, und von dort haben wir immer wieder Aufnahmen gemacht. Einige Monate später erhielten wir anstandslos die Drehgenehmigung, wobei der Kameramann aus Donezk filmte!

Dokument 2

Unter schwierigen Arbeitsbedingungen

Wenn es gar nicht mehr geht, dann schalten Journalisten natürlich zu ihrer Unterstützung auch Personen und Persönlichkeiten ein, von denen sie annehmen können, dass der Politiker oder die Politikerin bei der Beruhigung einer Situation hilfreich sein können. Daher bat ich EU-Kommissar Johannes Hahn um Hilfe, der immer wieder zu Treffen mit der politischen Führung in die Ukraine kam. Als Vorbereitung verfasste ich nachstehenden Text, der als Hintergrundinformation für den EU-Kommissar diente. In diesem Buch habe ich ihn veröffentlicht, um zu zeigen, unter welchen Bedingungen wir zu arbeiten hatten. Das genaue Datum ist mir nicht mehr erinnerlich, doch fand der Besuch sicher im Jahr 2018 statt, denn das war das Jahr, in dem die Schwierigkeiten für mich immer größer wurden.

Mag. Christian F. Wehrschütz,
Korrespondent des ORF für die Ukraine und den Balkan

Betrifft: Informationen für die Gespräche mit Petro Poroschenko und Pavlo Klimkin

Generell ist festzustellen, dass sich die Arbeitsbedingungen ukrainischer Journalisten und auch von Aktivisten, die gegen die Korruption kämpfen, in den vergangenen Monaten massiv verschlechtert haben. Die Zahl körperlicher Angriffe hat stark zugenommen, wobei man sehr schnell mit dem Vorwurf »prorussisch« und »separatistisch« konfrontiert wird, wenn man die politische Führung kritisiert oder über Korruption in deren Umfeld berichtet. Zwei Morde an Journalisten aus den Jahren 2015 und 2016 sind weiter nicht aufgeklärt, wobei sich das Bemühen der Institutionen sehr in Grenzen hält. Darüber habe ich auch jüngst wieder berichtet. Diese Gefährdung betrifft uns ausländische Journalisten natürlich weniger, weil wir insgesamt viel »unwichtiger« sind, weil wir die politische Lage in der Ukraine nicht direkt beeinflussen.
Durch die enorme Bürokratie war die journalistische Arbeit in der Ukraine niemals unkompliziert, doch je schlechter die Beziehungen zwischen Kiew und Moskau werden, je länger der Krieg dauert und je näher die Präsidentenwahl im März rückt, desto schwieri-

ger und voraussichtlich auch gefährlicher wird aber auch unsere Arbeit. Dass der ORF wie alle ausländischen Journalisten von ukrainischen Ultranationalisten, die oft von hohen staatlichen Strukturen gedeckt und wohl auch genutzt werden, genau beobachtet wird, wissen wir sehr genau, weil auch mein Team aus Donezk und ich auf der Liste der ultranationalistischen Plattform »Mirotvorez« (»Friedensstifter«!) mit allen unseren persönlichen Daten (inklusive Wohnadresse in Kiew) vor gut zwei Jahren veröffentlicht wurden. Auf dieser Liste sind »Kollaborateure«, »Volksfeinde« und Vertreter der »fünften Kolonne« Moskaus verzeichnet. Wir kamen zunächst auf die Liste, weil wir auch in den Kriegsgebieten der Ostukraine unserem Auftrag zur Berichterstattung (bis heute) nachkommen. Im Unterschied zu den meisten ausländischen Kollegen habe ich aber ein Büro in Kiew, sodass die Nähe zu derartigen radikalen Gruppen einfach viel größer ist.
Hinzu kommt, dass Österreich auch in der unmittelbaren Umgebung des Staatspräsidenten als »Feindstaat« angesehen wird, der gemeinsam mit Italien und Ungarn eine prorussische Gruppe in der EU bildet. Diese Einstellung konnte ich vor nicht allzu langer Zeit aus unmittelbarer Nähe selbst erleben. Generell sind die Arbeitsbedingungen des ORF in der Ukraine schlechter und schwieriger als in allen anderen acht Staaten des Balkan zusammen, in denen ich tätig bin! Dabei schadet sich die Ukraine durch ihre Medienpolitik selbst.

Hier einige Beispiele:

1)
Ich habe keinerlei »normalen« Zugang zu den Streitkräften, darf nicht einmal an einer Pressekonferenz im Verteidigungsministerium teilnehmen und darf auch nicht filmen, wenn der Staatspräsident oder irgendein führender Politiker die Streitkräfte besucht. Grund: Ausländische Journalisten brauchen für militärische Objekte inklusive Verteidigungsministerium eine Sondergenehmigung, die mindestens drei Tage vorher beantragt werden muss. Die Information über Pressekonferenzen etc. bekommen wir aber etwa 16 Stunden vor dem Ereignis über die Agenturen. Diese Einschränkung gibt es in keinem Land am Balkan.

2)
Seit März warten wir auf eine Drehgenehmigung im Hafen von Mariupol; wir wollten dort drehen, weil sich die Spannungen zwischen der Ukraine und Russland seit dem Bau der Krim-Brücke über die Halbinsel Kertsch zum russischen Festland massiv verschärft haben. Zwei Wochen bemühten wir uns im März unter Nutzung aller möglichen Kontakte um diese Drehgenehmigung. Meine Sekretärin und ich wurden von Pontius zu Pilatus geschickt, denn die Pressestelle des Hafens redete sich auf die Geheimpolizei aus,

die sich wiederum für unzuständig erklärte. Nach 33 Tagen gaben wir zunächst auf, doch unser Antrag liegt weiter vor, und erst Ende Oktober bekamen wir nun doch eine Drehgenehmigung.

3)
Nachdem bekannt geworden war, dass Vladimir Putin dem ORF ein Interview geben wird, wandte sich das ORF-Büro in Kiew sofort an die Pressestelle von Petro Poroschenko; wir boten dem ukrainischen Präsidenten ein Interview an, weil ich der ukrainischen Führung die Gelegenheit bieten wollte, zu Putin Stellung zu nehmen, und um einen Ausgleich zu schaffen zu der damit verbundenen starken russischen Medienpräsenz in dieser betreffenden Woche. Nach zunächst positiver Reaktion und einer bereits erfolgten Festlegung auf einen bestimmten Tag wurde das Interview schließlich zu Mittag des betreffenden Tages abgesagt. Der ORF hatte nicht nur sinnlose Kosten für ein Drehteam und einen zweiten Kameramann, sondern auch gegenüber Wien musste alles »abgeblasen« werden. Ich habe daraufhin die Pressestelle des Präsidenten informiert, dass das Büro in Kiew von sich aus kein Interview mehr mit Petro Poroschenko beantragen wird, weil es nicht das erste Mal ist, dass wir mit der Administration des Präsidenten eine derartige Erfahrung machen.

4)

Vor jeder Reise in die besetzten Gebiete (Donezk/Krim) bin ich bestrebt, mit ukrainischen Institutionen sowie NGOs und betroffenen Gruppierungen zu sprechen. So habe ich mich auch am 5.11. etwa mit SOS-Donbass sowie religiösen Organisationen getroffen, die in den besetzten Gebieten nun verboten werden oder wurden. Natürlich habe auch um einen Termin mit dem »Ministerium für die besetzten Gebiete« angesucht, um ein Interview zu machen. Nach einer Vereinbarung wurde der Termin mit dem stellvertretenden Minister kurzfristig abgesagt und dem ORF mitgeteilt, dass ein Ersatz als Gesprächspartner nicht vorhanden sei. Es ist das bereits das dritte (!) Mal, dass dieses Ministerium einen Interviewtermin absagt.

5)

Im Frühsommer wanderte die Zuständigkeit für die Gewährung von Akkreditierungen, mit denen der Zugang zur ukrainischen Seite der Frontlinie gestattet wird, von der Geheimpolizei (SBU) zu einem neu geschaffenen militärischen Kommando (JFO), das von Offizieren der Streitkräfte geführt wird. Bereits am 1. Juni 2018 suchten wir um die Akkreditierung für meinen Kameramann, meinen Fahrer/Produzenten, für mich und als Reserve auch für meinen Kameramann in Kiew an, der aber nicht auf der anderen Seite der Frontlinie arbeiten will. Mein Kiewer Kameramann und ich erhielten die Akkreditierung nach mehrfachen Rückfragen auch erst Ende August, wobei die sechsmonatige Gültigkeit ab Antragstellung berechnet wurde, somit Anfang Dezember endet und das gesamte »Spielchen« von Neuem beginnt, wir aber bereits Anfang November wieder ansuchen müssen, weil die Prozedur so lange dauert.

Für mein Team in Donezk erhielt ich zunächst weder Akkreditierung noch Informationen; nach vielen Nachfragen und Interventionen bekamen wir schließlich Mitte September per E-Mail eine Ablehnung. Begründung: Mein Kameramann und mein Fahrer hätten den prorussischen Rebellen vielfach Interviews gegeben, daher fehle es an patriotischer Gesinnung und die Akkreditierung werde verweigert, die wir in all den vier Jahren des Krieges bisher anstandslos bekommen haben. Die Begründung ist natürlich lächerlich, denn weder Fahrer noch Kameramann haben je ein Interview gegeben, und wer sollte auch an einem Interview mit meinem Fahrer interessiert sein. Außerdem gehen die Kinder der beiden Personen auf ukrainisch kontrolliertem Gebiet in die Schule. Wir wandten uns danach auch an die österreichische Botschaft, doch auch deren Einsatz blieb bisher vergebens.

Fraglich ist, ob man überhaupt will, dass man von dort noch berichtet; damit meine ich auch die Probleme auf der ukrainischen Seite der Frontlinie.

Klar ist, dass Gespräche oder Noten der österreichischen Botschaft nur wenig bringen, denn das haben

wir bereits bei der Akkreditierung für die Frontgebiete versucht, nach drei Wochen gab es noch nicht einmal eine Antwort auf die Note der Botschaft.
Ich neige bekanntlich nicht zu Übertreibungen, doch die Lage in der Ukraine ist für so manchen Journalisten sehr »ungemütlich« geworden. Der ORF in Kiew ist natürlich nicht der Nabel der Welt. Doch auf mögliche »Abreibungen« möchte ich gerne verzichten, denn die entsprechenden Organisationen, die dabei in Frage kommen, agieren nicht im politisch luftleeren Raum.

Christian Wehrschütz

»Mama, wird es Krieg geben in Europa?«

Wetterleuchten und Kriegsbeginn in der Ukraine

Am 22. Dezember 2021hatte ich als Balkan-Korrespondent des ORF ein Interview mit dem serbischen Präsidenten Alexander Vucic, der einige Wochen davor in Russland Präsident Vladimir Putin getroffen hatte. Durch meine mehr als zwanzig Jahre währende Tätigkeit am Balkan kenne ich auch Alexander Vucic bereits sehr lange; daher fiel es mir leicht, ihn nach seiner Einschätzung der russisch-ukrainischen Beziehungen zu fragen, zumal die Ukraine für das Jahr 2022 etwa acht Manöver mit NATO-Staaten geplant hatte. Vucics Antwort lautete: »Ich fürchte, die Ukraine wird nicht die Gelegenheit haben, auch nur ein einziges Manöver durchzuführen!«

In seinem Kabinett fügten alte Bekannte dann noch ihre Sorge hinzu, dass der Westen Putin falsch einschätzen und ihn nicht ernstnehmen könnte.

Weihnachten feierte ich im Kreise meiner Liebsten in Salzburg. Am Christtag rief ich die Familie zusammen, erzählte von meinem Gespräch mit dem serbischen Präsidenten und fügte hinzu, dass Europa

vor der größten Krise seit der Kuba-Krise des Jahres 1961 stehen dürfte, als die Welt am Abgrund eines Atomkrieges stand.
Natürlich informierte ich meinen Arbeitgeber über diese düstere Perspektive für das Jahr 2022; gemeinsam entschieden wir, dass ich meine für den Jänner geplante Rehabilitation im steirischen Bad Gleichenberg noch antreten sollte; denn nach 22 Jahren Korrespondentendasein und der Leitung von zwei Büros seit acht Jahren war eine körperliche Runderneuerung einfach fällig. Außerdem beurteilten wir die Lage richtig, dass ein großer Krieg in der Ukraine erst nach dem Ende der Olympischen Spiele in Peking beginnen werde, weil Moskau seinem wichtigsten Bündnispartner wohl nicht die mediale Aufmerksamkeit durch einen Kriegsausbruch »versauen« werde. Somit trat ich die Rehabilitation an. Während der Behandlungen kam ich im Turnsaal mit einer Therapeutin ins Gespräch; sie sagte mir, dass sie ihr 13-jähriger Sohn, der täglich die steirischen Tageszeitungen lese, gefragt habe: »Mama, wird es Krieg geben in Europa?« Meine Antwort lautete, dass es in Europa bereits seit acht Jahren Krieg gebe, der leider von EU und USA viel zu sehr ignoriert werde. Die Kriegsgefahr sei nun deutlich gestiegen, aber noch sei Zeit, eine diplomatische Lösung zu finden.
Die Rehabilitation verlief in meinem Fall jedenfalls nicht nach dem klassischen Muster des Abschaltens; eher das Gegenteil war der Fall. Verbindung aufbau-

en, Verbindung überprüfen und Verbindung halten zählen zu den entscheidenden Punkten, die mir schon beim Bundesheer eingeimpft worden waren. So gut die Behandlung in Bad Gleichenberg war, so schlecht war die Internetverbindung. Ich kaufte daher bereits am zweiten Tag einen mobilen Hotspot, der das Problem behob. Wie vorausschauend das war, zeigte die Tatsache, dass ich von meinem Zimmer in der Klinik aus drei Beiträge für die Zeit im Bild und mehrere für das Radio produzierte, und zwar zu Ereignissen am Balkan sowie zur Frage, ob die Sowjetunion/Russland durch die Osterweiterung der NATO politisch und diplomatisch über den Tisch gezogen worden ist. Zur Ukraine hielt ich mich über vielfältige Quellen auf dem Laufenden; dabei ergaben seriöse militärische Analysen ein weitgehend anderes Bild als das, das die westliche mediale Hysterie damals zeichnete; denn Russland war im Jänner 2022 noch nicht so weit gerüstet, um einen Angriff gegen die Ukraine in großem Maßstab führen zu können. Doch je mehr sich die politischen Spannungen aufschaukelten und je weniger Fortschritte Gespräche zwischen Moskau und Washington brachten, desto dringender wurde die Aufforderung durch den ORF, sofort nach Kiew zurückzukehren. Natürlich waren die Argumente einleuchtend und nicht von der Hand zu weisen; daher verzichtete ich schweren Herzens auf ein Wiedersehen mit meiner Familie in Salzburg, verkürzte die Rehabilitation um den letzten halben Tag und begann einen Einsatz, der wirklich weltbewegenden Ereignissen gewidmet sein sollte.

Am 22. Jänner 2022 kehrte ich nach Kiew ins Büro zurück, sowohl körperlich als auch geistig wohl vorbereitet auf das, was folgen sollte.

Konfrontiert war ich zunächst mit dem medialen Popanz der 100.000 russischen Soldaten an der ukrainischen Grenze bei den Manövern der russischen Streitkräfte; hinzu kamen damals noch etwa 30.000 bis 40.000 Mann der Milizen der Separatisten in Donezk und Lugansk. Diese Zahlen, vor allem die 100.000, dominierten seit Tagen die westlichen Medien; doch kaum ein Journalist fragte nach Stärke und Einsatzbereitschaft der ukrainischen Streitkräfte, die mehr als 200.000 Soldaten zählten; diese Armee war nicht mehr mit der Phantomarmee des Jahres 2014 zu vergleichen; hinzu kam die hohe Erfahrung im Einsatz durch etwa 400.000 Reservisten. Ein Krieg würde somit alles andere als ein »Spaziergang« oder »Blumenfeldzug« werden, wobei es für uns allerdings damals unvorstellbar war, dass »der zentrale politische Entscheidungsträger« vor dem Feldzug dieser Fehleinschätzung erliegen konnte.

Die sich zuspitzende Krise wirkte sich auch direkt auf unser Familienleben aus; meine ältere Tochter Michaela ist am 14. Februar geboren; ihren vier-

zigsten Geburtstag wollte sie in Kiew feiern. Dazu sollte die ganze Familie in die ukrainische Hauptstadt kommen; doch meine jüngere Tochter Immanuela konfrontierte mich mit meiner Prognose vom Dezember und sagte daher ihre Reise nach Kiew ab; auch meine Enkelin durften wir nicht mitnehmen. Somit kamen nur meine Gattin, meine Michaela und meine Schwägerin; sie waren von 10. bis 13. Februar in Kiew; so sehr ich mich über den Besuch freute, so sehr war er bereits durch meine umfassende Arbeit überschattet, die jeden Tag zu bewältigen war. Meine Gattin wollte eine kurze Einführung über die mögliche russische Offensive, die ich ihr anhand der großen Landkarte der Ukraine im Büro gab; noch heute ist sie von der Präzision beeindruckt, mit der meine Darstellung der russischen Stoßrichtungen zugetroffen hat. Abgesehen davon waren diese Tage wunderschön, zumal keiner von uns weiß, wann es ein Wiedersehen in einem friedlichen Kiew geben wird.
Durch meine militärische Ausbildung und die guten Kontakte zum Offizierskorps des österreichischen Bundesheeres verfügte ich über eine sehr gute Lagebeurteilung insbesondere über strategisch wichtige Städte und Örtlichkeiten. Am 16. Februar begannen wir daher mit einer Fahrt in die Ostukraine, um viele dieser Orte zu besichtigen und zu filmen sowie um Kontakte aufzufrischen. Einen Tag spä-

ter – am 17. Februar – flammten die Artillerieduelle an der mehr als 400 Kilometer langen Kontaktlinie mit massiver Härte auf, wobei die »Volksrepubliken« Donezk und Lugansk ein Ansuchen um »brüderliche Hilfe« an Moskau stellten und dort die »Forderung« nach einer Anerkennung in den Oblast-Grenzen erhoben wurde.

Seit dem 17. Februar war mir somit klar, dass es zu einer Ausweitung des Krieges kommen würde, nur war mir noch nicht klar, ob es um eine große Lösung (inklusive Kiew) oder nur um die kleinere »Donbass-Lösung« gehen würde. Ich tippte eher auf die große Lösung – und so kam es auch. Unseren Nachtdienst im ORF hatte ich bereits am 17. Februar gebeten, mich sofort zu wecken, sollte der Angriff beginnen; am 23. Februar drehten wir noch in der Stadt Volnovacha und übernachteten in der Hafenstadt Mariupol.

Am 24. Februar, knapp vor fünf Uhr früh, informierte mich der ORF-Nachtdienst über den Angriff; wir machten noch einige Berichte aus Mariupol, drehten noch einige Bilder und machten uns auf nach Kiew, wo wir am 25. Februar um 02.00 Uhr eine Geisterstadt antrafen.

Der Krieg, der den auch vom Westen vernachlässigten Traum vom gesamteuropäischen Haus endgültig zu Grabe trug, hatte begonnen. Möge kein Dritter Weltkrieg daraus werden!

22. Dezember 2021: Christian Wehrschütz im Interview mit dem serbischen Präsidenten Alexander Vucic

17. Februar 2022: Kramatorsk, eine Woche vor Kriegsbeginn

17. Februar 2022: Live-Einstieg unter schwierigen Bedingungen, Nähe Kramatorsk

Alle Fotos auf dieser Doppelseite:
21. Februar 2022: Bilder aus dem blühenden Mariupol,
3 Tage vor Kriegsbeginn

21. Februar 2022: Der Hafen von Mariupol

23. Februar 2022: Live-Einstieg über Smartphone

23. Februar 2022: Im Dorf Novohnativka im Bezirk Volnovacha, Umgebung von Donezk (an der Frontlinie)

23. Februar 2022: Novohnativka steht täglich unter Beschuss

23. Februar 2022: Im Gespräch mit Menschen in Novohnativka, das täglich unter Beschuss steht

24. Februar 2022: Schlangen vor einem Bankomaten in Mariupol

24. Februar 2022: Schlangen bei einer Tankstelle in Mariupol

25. Februar 2022: Menschen suchen Zuflucht in einer U-Bahnstation in Kiew

25. Februar 2022: Im Gepräch mit Menschen in einer U-Bahnstation in Kiew

Foto oben und Fotos rechts:
25. März 2022: Das einst pulsierende Kiew ist einen Monat nach Kriegsbeginn wie ausgestorben

Я УКРАЇНУ

Drei-Männer-Wirtschaft in der Ukraine: Nenad, Igor und das Rauchen

Vor andere Herausforderungen als Corona stellte mich in der Ukraine der heraufziehende Krieg. Meine Kameraleute in Odessa, in Uschgorod und in Donezk waren unabkömmlich, weil ich sie im Falle des Falles vor Ort brauchte. Doch mein Kameramann in Kiew war ebenso wenig bereit, unter Bedingungen des Krieges zu arbeiten wie mein lokaler Cutter, mit dem ich die Beiträge schnitt. Das Problem des Cutters löste ich dadurch, dass wir ohnehin regelmäßig die bisher guten Internetverbindungen nutzen und die Beiträge von meinem Cutter in Belgrad geschnitten werden; ihm überspiele ich das Audio-File und den Text, den wir dann besprechen. Nach 22 Jahren funktioniert die Zusammenarbeit im wahrsten Sinne des Wortes auch blind.

Doch ich brauchte einen unerschrockenen Kameramann; daher bat ich Nenad, von Belgrad nach Kiew zu kommen; mit ihm hatte ich einmal zu Beginn des Krieges in der Ostukraine in Donezk gedreht, da ich damals noch keinen lokalen Kameramann hatte. Mit dem letzten Flug aus Belgrad traf er am 14. Februar in Kiew ein. Wir beide haben uns immer gut verstanden; zum Glück stimmt auch die Chemie zwischen Nenad und meinem Produzenten

und Fahrer Igor, die sich trotz sprachlicher Barrieren menschlich sehr gut verstehen. Vor allem in Kiew sind wir eine Drei-Männer-Wirtschaft, die gemeinsam einkauft und kocht, ein eingespieltes Team, das im ORF-Büro wohnt, wobei meine Kollegen dort schlafen, wo an sich meine Kinder und ihre Partner geschlafen haben, wenn sie nach Kiew kamen.
Nenad und Igor teilen eine äußerst ungesunde Leidenschaft: das Rauchen, während ich bereits vor einigen Jahren diese Abhängigkeit überwunden habe. Rauchen verbindet, belastet aber die Gesundheit. Ich habe daher Igor und Nenad klar gesagt, dass der ORF im Falle von Invalidität und Tod die Kosten der Überführung zu ihrer letzten Ruhestätte tragen wird, nicht aber, sollten sie an den Folgen des Rauchens im Einsatz sterben. Beide nahmen die Aussage mit Humor, wobei wir drei hoffen, dass wir und unsere Familien die besondere Versicherung nie in Anspruch werden nehmen müssen, die der ORF für uns wegen des Krieges abgeschlossen hat.

Beim Rauchen: Nenad (li.), Igor (re.)

Christian Wehrschütz mit Igor (Mitte) und Nenad (re.) in der Ukraine

Zur Mahnung – Lügen in Kriegszeiten

»Lüge in Kriegszeiten« (»Falsehood in Wartime«) lautet der Titel des Buches, das der britische Adelige Arthur Ponsonby (1871–1946) im Jahr 1928 veröffentlicht hat. Darin beschreibt er am Beispiel des Ersten Weltkrieges Lügen und Propaganda, die vor allem die Alliierten gegen Deutschland eingesetzt haben. Dazu zählen Behauptungen, der deutsche Kaiser würde belgischen Kindern die Hände abhacken, andere Gräuelmärchen, die vor allem Kinder und Babys betreffen, Behauptungen, die bis hin zum Golfkrieg der USA eingesetzt wurden, um die eigene Bevölkerung kriegsbereit zu machen. Von Ponsonby stammt auch der berühmte Ausspruch: »Das erste Opfer im Krieg ist die Wahrheit«. Dazu zitiert er in seinem Buch einen passenden Reim in deutscher Sprache: »Kommt der Krieg ins Land – Gibt Lügen wie Sand.«

Ob die abgedruckten »Zehn Prinzipien der Kriegspropaganda« von ihm selbst verfasst oder in Anlehnung an sein Werk formuliert wurden, konnte ich nicht feststellen. Diese zehn Punkte gelten nicht nur für den Ersten Weltkrieg. Nicht nur Journalisten sollten Ponsonbys Buch als Fallbeispiel auch deshalb lesen, um sich dieser Erscheinung nicht nur in Kriegen bewusst zu sein, wobei es nicht zuletzt gilt, Punkt 10 standzuhalten – Twitter-Blase hin oder her. Ähnlichkeiten mit Kriegen in den vergangenen dreißig Jahren sind nicht zufällig, sondern unvermeidlich. Daher bin ich in meiner Berichterstattung auch zurückhaltend, vor allem wenn es um Gräueltaten geht, die Politiker dann sofort medial »ausschlachten«. Fast zwanzig Jahre mussten wir zu Recht von den *mutmaßlichen* Kriegsverbrechern Radovan Karadjic und Ratko Mladic schreiben, ehe nicht das Haager Tribunal für das ehemalige Jugoslawien seine Urteile gefällt hatte. Diese journalistischen Standards müssen auch für die Ukraine gelten – nicht aus Sympathie für eine Kriegspartei, sondern aus langjähriger Erfahrung und der intensiven Befassung mit diesem Thema.

Die zehn Prinzipien der Kriegspropaganda

Nach Lord Arthur Ponsonby, von dem auch das Zitat »Das erste Opfer des Krieges ist die Wahrheit« stammt (verfasst nach dem Ersten Weltkrieg):

1. Wir wollen den Krieg nicht.
2. Das gegnerische Lager trägt die Verantwortung.
3. Der Führer des Gegners ist ein Teufel.
4. Wir kämpfen für eine gute Sache.
5. Der Gegner kämpft mit unerlaubten Waffen.
6. Der Gegner begeht mit Absicht Grausamkeiten, wir nur versehentlich.
7. Unsere Verluste sind gering, die des Gegners enorm.
8. Künstler und Intellektuelle unterstützen unsere Sache.
9. Unsere Mission ist heilig.
10. Wer unsere Berichterstattung in Zweifel zieht, ist ein Verräter.

Elisabeth und Christian Wehrschütz, Februar 2022, Kiew

Ein Alltag, wie ihn viele kennen, ist für meinen Mann und mich nicht selbstverständlich. So sehr ich es gewohnt bin, meinen Tag allein zu bestreiten, so sehr freut es mich dann doch, wenn mein Mann mal wieder bei mir ist. Manchmal kommt es dann außerhalb unserer eigenen vier Wände zu lustigen oder auch kuriosen Begegnungen. Drei davon möchte ich hier gerne erzählen:

»Der arme Mann …«: Die Geschichte trug sich an einem ganz normalen Wochentag in Salzburg zu. Mein Mann und ich saßen in der Küche beim

Kaffee und überlegten, was es denn zu Mittag geben sollte. Da ich großteils allein bin, ist mein Kühlschrank kaum gefüllt, sehr zum Leidwesen meines Mannes. Wir mussten also einkaufen gehen. Kaum im Supermarkt angekommen, verhielten wir uns wohl wie jedes normale Ehepaar nach mehr als dreißig Jahren: Ich hatte den Einkaufszettel und Christian wurde mit dem Suchen und Finden der Sachen beauftragt. So ergab es sich, dass ich auch mal lauter durch den Gang rief: »Wir brauchen noch Eier und Milch!« Offenbar so laut, dass es andere auch hörten. Daraufhin schaute eine Frau erst zu meinem Mann, dann zu mir, dann wieder zurück zu ihm. Sie wollte wohl sichergehen, dass es sich tatsächlich um den Wehrschütz handelte, und meinte dann zu mir: »Der arme Mann ist andauernd im Krieg unterwegs und Sie scheuchen ihn auch noch hier in der Gegend herum. Jetzt lassen S' ihn doch mal in Ruhe, der hat schon genug Stress.« Und was macht mein Mann nach dreißig Jahren Ehe? Er schaut verschmitzt zu mir und sagt dann: »Genau!« Gut, dass wir denselben Humor haben.

Zwillinge: Aber nicht nur ein Supermarkt kann Schauplatz kurioser Begegnungen sein, nein, auch eine Bank eignet sich dafür, wie folgende Geschichte zeigt: Mein Mann und ich sind in einer Klagenfurter Bank. Plötzlich höre ich hinter uns Getuschel.

Gut, das ist an sich nichts Neues für uns. Ich drehe mich um, grüße freundlich und wir reden weiter. Das Getuschel hört aber nicht auf. Kurz darauf sagt der Herr von hinten: »Entschuldigung, aber ich muss das jetzt einfach fragen. Sie schauen dem Wehrschütz aus dem Fernsehen so ähnlich. Sind Sie sein Zwillingsbruder?« Das war selbst für uns neu. Wir schauten einander an und mussten lachen. Der arme Mann dachte sicher, wir lachen ihn aus, aber die Vorstellung war einfach zu lustig. Mein Mann klärte ihn auf, dass er selbst der Wehrschütz sei, und dem Herrn war es sichtlich peinlich – aber alles halb so schlimm. Heute ist es eine lustige Anekdote auf Familienfeiern.

Reisebus: Das bringt mich auch schon zu meiner letzten Geschichte, die sich in der Steiermark ereignete. Christian und ich waren über das Wochenende auf unserem Almhaus und wollten nicht kochen, daher gingen wir essen. Wie es der Zufall wollte, kam kurz nachdem wir uns im Gasthaus hingesetzt hatten, ein Reisebus voll mit österreichischen Pensionisten. Gut gelaunt stiegen diese aus ihrem Bus aus und setzten sich. Dann ging das Getuschel auch schon los. Eine größere Gruppe denkt vielleicht, sie sei diskret, aber bei so vielen Menschen auf einem Fleck, die einen anstarren und miteinander überlegen, ob er es denn sei oder nicht, haben wir das natürlich mitbekommen. Eine ältere Dame hatte genug von der Raterei und kam auf uns zu: »So, das kann jetzt nicht so weitergehen. Sind Sie es oder nicht? Der Wehrschütz aus dem Fernsehen.« Kaum war das Rätsel gelöst, war mein Mann umgeben vom halben Bus, schrieb Autogramme, machte Fotos und wir unterhielten uns noch länger bei sehr netten Gesprächen. Wir freuen uns immer, wenn die Arbeit meines Mannes wertgeschätzt wird. Es sind doch Opfer, die meine Familie täglich bringt, vor allem in Kriegszeiten. Wir treffen aber immer wieder auf sehr nette Menschen, die ihm alles Gute für die Zukunft wünschen, dass er auf sich aufpassen soll und dass sie sich immer über seine Berichte und Beiträge freuen.

Elisabeth Wehrschütz

Aus der Sicht einer Tochter

Wenn Menschen erfahren, wer denn mein Vater ist, bekomme ich eine Reihe von Fragen gestellt, darunter auch: Wie lebt es sich mit jemandem, der ständig unterwegs ist?

Michaela (li.) und Immanuela (re.) Wehrschütz

Ja, wie ist das eigentlich? Ehrlicherweise lautet die Antwort auf diese Frage, dass ich es nicht anders kenne. Ich war zwölf, als mein Vater nach Belgrad ging. Heute bin ich 34. Er ist also bereits mehr als mein halbes Leben im Ausland unterwegs. Rückblickend auf die vergangenen 22 Jahre war es nie leicht, aber man gewöhnt sich bekanntlich an alles. Oft hat er gefehlt, und auch das Verständnis für die Abwesenheit hielt sich in Teenagerjahren in Grenzen.

Mein Vater versuchte jedoch immer, wenn auch nicht physisch, für uns dazusein. Ich erinnere mich an nicht nur einen Anruf bei ihm aufgrund einer Deutsch-Hausaufgabe oder anstehenden Schularbeit, weil ich mit der Aufgabe nicht weiterkam. Auch

unsere gemeinsame Arbeit an meiner Fachbereichsarbeit in Geschichte wird mir ewig in Erinnerung bleiben. Nur Mathematik war sein Schwachpunkt. Zu meinem Leidwesen hat er das mathematische Verständnis seines Vaters nicht geerbt und konnte es somit auch mir nicht weitergeben.
Dafür teilen wir uns die Leidenschaft für Richard Wagners Oper »Der Ring des Nibelungen«.
Ich war gerade einmal acht Jahre alt, da haben wir gemeinsam die gesamte Oper in der Metropolitan Opera in NYC gesehen. Wochenlang ist er mit mir daheim den Text, die Hintergründe, die Geschichte durchgegangen, und sogar durchgespielt haben wir die Oper, damit ich ein Verständnis für das Werk aufbaue.
Sie sehen also, hinter dem immer ernsten Journalisten, der ständig unterwegs ist, um Ihnen zu Hause ein unabhängiges Bild seiner Regionen zu vermitteln, steckt ein guter, meistens auch humorvoller, engagierter Vater und vor allem Großvater. Er liebt seinen Beruf, jedoch graut es meiner Mutter schon vor dem Tag der Pensionierung, wenn er mit Hunderten von Büchern, zusätzlich zu den 8000, die bereits in der Bibliothek in Salzburg stehen, wieder bei ihr einzieht. Doch ich muss sagen, nach mehr als 22 Jahren Abwesenheit ist es gut, wenn der Papa wieder heimkommt.

Immanuela Wehrschütz

Jeder Einzelne ist wichtig: Meine Mitarbeiter (fast) im Originalton

Nichts ist so wertvoll wie loyale und treue Mitarbeiter. Ich habe mich immer um Teambildung bemüht, und zwar von der Putzfrau bis zum Fahrer, weil wir alle ein Team sind und jedes einzelne Mitglied wichtig ist. Es war mir immer wichtig zu zeigen, dass wir trotz mancher Widrigkeiten die Kraft haben, zusammenzustehen. Ich bin sehr stolz, dass ich überall so langjährige Mitarbeiter und Mitarbeiterinnen in allen Büros habe, wie meine Putzfrau in Kiew, die auch meine Hemden bügelt und damit einen wichtigen Beitrag leistet, dass man als Journalist auch einigermaßen ausschaut.
Die Vorworte und Kommentare meiner Mitarbeiter sind im Original natürlich in der jeweiligen Muttersprache geschrieben worden. Ich habe bewusst nichts selber übersetzt, um keinen Einfluss auf die Formulierungen zu nehmen. Somit sind die folgenden Texte Worte, die von Herzen kommen.

Igor Krilew
Produzent und Fahrer
Ostukraine

Mit ihm würde ich auf Erkundung gehen

Sommer 2014, Ukraine, Donezk, Krieg ...
Sehr heftiger Beschuss, eine Schule brennt, Häuser von Anwohnern brennen, Leichen von Menschen auf dem Asphalt ...
Alle löschen das Feuer, wir geben Wassereimer weiter ... neben mir ein grauhaariger Österreicher ...
So habe ich Christian Ferdinand Wehrschütz kennengelernt.
Klug und furchtlos, explosiv und aufmerksam, professionell, mit unbändiger Energie.
Es gibt bei uns ein geflügeltes Wort: Ich würde mit diesem Mann auf Erkundung gehen.
Es ist eine Ehre, sein Freund zu sein!

Zulfija Jakupi
Produzentin
Kosovo

Das richtige Thema und die richtigen Gesprächspartner

Ich arbeite seit 15 Jahren mit Herrn Wehrschütz zusammen. Er ist ein hervorragender Journalist und ein echter Profi. Er ist imstande, das richtige Thema und die richtigen Gesprächspartner zu identifizieren. Es ist seiner Organisationsfähigkeit zu verdanken, dass wir über ein ordentliches Archiv zu wichtigen Ereignissen verfügen. Was ich an ihm besonders schätze, ist, dass er sich die Mühe gemacht hat, die Landessprachen jener Länder zu erlernen, aus denen er Bericht erstattet. Er hat konkret hier im Kosovo Albanisch-Stunden besucht, und nach nur einigen wenigen Albanisch-Stunden hat er dem Ministerpräsidenten des Kosovo bei einer Pressekonferenz eine Frage auf Albanisch gestellt und dadurch die Sympathien der Anwesenden gewonnen.
Ich wünsche ihm viel Erfolg bei seiner weiteren Arbeit und in seinem Leben.

Wassili Rud
TV-Kameramann, Cutter
Donezk

Mit dem Gütesiegel

In dem Land, in dem ich geboren wurde und das 1991 aufhörte zu existieren, gab es eine Besonderheit: das staatliche Qualitätszeichen der UdSSR. Dieses Zeichen wurde verwendet, um hochwertige Produkte zu kennzeichnen, die in der UdSSR hergestellt wurden. Wenn Menschen dieses Zeichen auf Waren oder Produkten sahen, zweifelten sie nicht an ihrer Qualität und Zuverlässigkeit. Ich weiß nicht, ob es in Österreich so etwas gibt, aber wenn es möglich wäre, die Arbeit eines Journalisten mit diesem Zeichen zu kennzeichnen, dann die Beiträge und Bücher von Christian Wehrschütz.
Seit dreißig Jahren gibt es dieses Land und dieses Zeichen nicht mehr, aber das Konzept des Qualitätszeichens existiert immer noch. Wenn ich Leser wäre, würde ich mir dieses Buch genauer anschauen, weil alle Geschichten darin, wie wir sagen, »mit dem Gütesiegel« versehen sind!

Borut Mekina
Produzent
Slowenien

Der Balkan beginnt in München

Christian Wehrschütz (oder slowenisch Kristijan Veršič) ist als Wirtschaftsmigrant, oder wie es bei uns so schön heißt, als Gastarbeiter, in unsere Region gekommen. Als wir uns 2005 oder 2006 zum ersten Mal in Laibach begegneten, war er in einen Zustand der Todesangst versetzt: Er wusste nicht, was auf ihn zukam. Doch wie es Migranten so eigen ist, war er hoch motiviert und fest entschlossen, erfolgreich zu sein. Und das ist ihm auch gelungen. Er hat die hiesigen Landessprachen erlernt, er hat sich unsere Kulturen und Bräuche zu eigen gemacht. Man könnte sogar behaupten, dass er selbst einige Züge des balkanischen Temperaments angenommen hat.
Im Zeitalter des Internets halten sich die meisten Journalisten nur kurz im Ausland auf. Aber es ist die prompte, billige, schnelle und sensationslustige Berichterstattung, die uns voneinander unterscheidet. Weil sich eben nur jemand, der sich gut

auskennt (in diesem Ausland), einen Reim auf die Nuancen des politischen und gesellschaftlichen Lebens machen kann. Und das trifft auf Christian zu. Die Geschichten und Gesprächspartner, die er wählt, machen ihn zu einem Vermittler in einer Art interkulturellem Dialog.

Nach unserer Arbeit haben Christian und ich uns oft über die hiesigen sozialen und politischen Phänomene unterhalten. Ich kann nicht sagen, dass wir stets zu einem Schluss gekommen sind. Es gibt Fragen, die offen geblieben sind. Doch Christian pflegte dabei immer wieder einen Satz zu wiederholen, und zwar, dass der Balkan bereits in München beginnt. Das bedeutet mit anderen Worten, dass sich die Fragen und die Probleme, die uns umtreiben, gar nicht so sehr voneinander unterscheiden. Und als Christian auf diesem langen Weg dann schließlich zu einem echten Balkanesen wurde, wurde ihm auch klar, dass das schon immer so gewesen ist!

Marjan Ognenovski
Kameramann
Nordmazedonien

Auf Schmugglerpfaden unterwegs

Im Jahr 2000, als die bewaffneten Auseinandersetzungen in Mazedonien begannen, bekam ich mitten in der Nacht einen Anruf von Katie, meiner Frau, die als Schnittmeisterin bei der mazedonischen Fernseh- und Rundfunkanstalt (MRTV) arbeitete: »Hier ist ein Journalist aus dem Ausland bei mir und er setzt sich gerade mit unserem Produzenten auseinander, weil er warten muss, um seinen Text übertragen lassen zu können. Er fragt mich, ob ich ein lokales Studio kenne, das effizienter ist und das ein lokales Team hat.«
Und so haben wir uns kennengelernt. Ich weiß noch, dass ich ihm ein Fernsehteam für eintägige

Aufnahmen angeboten habe, für dessen Einsatz er nicht bezahlen sollte, wenn er unzufrieden war. Das serbische ORF-Team war wohl äußerst erfreut darüber, dass es damals zum letzten Mal in Mazedonien arbeiten musste, weil es für sie gefährlich war, in Dörfern mit rein albanischer Bevölkerung zu filmen. Damit begann eine fortwährende Zusammenarbeit. In kurzer Zeit habe ich mich als Kameramann dazu entschieden, bei der ARD aufzuhören und beim ORF weiterzumachen. Christian gelang es damals, Dreharbeiten an Orten zu organisieren, die für andere Fernsehsender nicht zugänglich waren. Er organisierte Dreharbeiten auf der kosovarischen und der mazedonischen Seite, obwohl die Grenzen zu jener Zeit geschlossen waren. Auf Schmugglerpfaden überquerten wir die Grenzen auf Pferden. Nach den bewaffneten Auseinandersetzungen erweiterte sich mein Einsatzgebiet für den ORF auf den Kosovo, auf Albanien und Südserbien.

Ich bin davon überzeugt, dass ein anderer Journalist/Reporter wohl drei Leben brauchte, um so viele Beiträge zu filmen. Viele Exklusivinterviews, Reportagen, Berichterstattungen über Parlaments-, Kommunal- und Präsidentschaftswahlen stammen von ihm. Nach der Aufbauzeit im Kosovo, in der wir oft gedreht haben, möchte ich die Zeit der syrischen Flüchtlingskrise hervorheben. Damals entstanden einmalige Geschichten mit tiefgehender Analyse und

Prognose darüber, wie es nach der Schließung der Balkanroute durch Mazedonien weitergehen sollte und in welcher Richtung die illegalen Flüchtlingsrouten weiterführen würden. In dieser Zeit haben wir auch an Beiträgen aus Griechenland, Albanien und Mazedonien gearbeitet. Ich muss den Rest des Teams erwähnen, der multiethnisch und deshalb sehr effizient ist:
Elvis Durmishovski (Roma), Redakteur; Dilaver Mustafa (Türke), Redakteur; Aslan Vishko (Türke/Albaner), Kamera; Faimi Daut (Türke/Albaner), Kamera; Fuad Sulejman (Türke/Albaner), Zweite Kamera/Ton, Kameramann; Ivan Angelovski (Mazedonier), Zweite Kamera/Ton, Kameramann; Dejan Nedelkovski (Mazedonier), Zweite Kamera/Ton, Kameramann; Bogatinov Zoran (Mazedonier), Journalist/Produzent; Eli Pesheva (Mazedonier), Journalist/Produzent.
Danke, Freund, du bist seit über zwanzig Jahren einer von uns. Ein Profi, der diese Region am besten kennt und weiß, dass man nichts erschwindeln kann, wenn man eine gute Geschichte hinbekommen will, und man dafür hart arbeiten muss.

Zoran Bogatinov
Produzent
Nordmazedonien

Der Hemingway-Ansatz

Der Kollege Christian Wehrschütz ist kommunikativ, professionell. Er hat immer genug Zeit, um die angebotenen Informationen zusammenzutragen und eine Auswahl daraus zu treffen. Seine journalistische und dokumentarische Sprache ist einfach, sie steht einem breiten Zuhörer- und Zuschauerkreis, in Abhängigkeit von dem jeweiligen Medium, nahe. Seine Kommunikation mit den Zuhörern oder Zuschauern spiegelt sich in seinen Büchern und anderen niedergeschriebenen Texten wider. In seinem Wesen ein sehr belesener Mensch, ist Christian Wehrschütz stets auf der Suche nach neuen, attraktiven, aber auch objektiven Informationen, um diese der Öffentlichkeit so weit wie möglich zugänglich zu machen. Als ORF-Berichterstatter aus dem Krisenherd am Balkan, aus der Ukraine, aber auch aus anderen Regionen verfolgt er stets einen hemingwayschen Ansatz in seinem Narrativ, der Kriegsreportern eigen ist.

Predrag Crvenkovic
Kameramann
Serbien

»Aus dir holen sie nicht viel heraus«

Das Dorf Lucani. Aufstand von Albanern im Süden Serbiens. Besuch im Stab von UCKPMB*. Er als Journalist, ich als Kameramann.
Ankunft im Dorf bei der Moschee. Wir steigen aus dem Wagen. Ich hinterlasse beim Assistenten all meine Papiere für den Fall der Fälle, wenn mir etwas passieren sollte, damit man weiß, wen es da erwischt hat. Wir überqueren einen Steg und gehen auf die andere Seite, die in Händen von Aufständischen ist. Christian als Österreicher, ich als Serbe.
Irgendwie schaffen wir es, die erste Linie zu überqueren, indem wir auf das ORF-Mikrofon zeigen und rufen: »German journalist!«

Eine gewisse Zeit später, nachdem wir kreuz und quer auf- und abgelaufen waren, erreichen wir den Stab. Christian betritt das Haus, ich bleibe draußen, um Außenaufnahmen zu machen. Dort befinden sich mehrere Kämpfer, die Wache stehen und beobachten, was ich da treibe. Seine Besprechung will kein Ende nehmen, langsam steigt Panik in mir auf. Einer der UCKPMB-Kämpfer kommt dahinter, dass ich Serbe bin.
In dem Moment kommt Christian aus dem Haus und fragt mich auf Englisch, ob alles okay sei? Ich antworte, das sei nicht der Fall. Nun beginnt ein Streit zwischen den Kämpfern und eine Debatte mit ihm. Wir machen uns auf den Weg, zurück zur Trennungslinie.
Wir erreichen den Steg, und ich frage ihn danach, was er gesagt hat und wie er es geschafft hat, mich in Schutz zu nehmen. Und er erwidert: »Pedja, du weißt, dass ich jemand bin, der dich in Schutz nehmen wird, weil du mein Kameramann bist, doch ich habe den Aufständischen erklärt, dass du als Kameramann nicht viel verdienst und dass sie nicht viel herausholen können, wenn sie dich entführen!«
Auch heute noch muss ich über diese Situation lachen, die dank Christian auch witzig war!

* Befreiungsarmee Kosovo, Presevo, Medvedja und Bujanovac

Vom Besten lernen

Tatjana Sikima
Produzentin
Republik Srpska und Kroatien

Um einen Job im ORF-Korrespondentenbüro in Belgrad zu bekommen, musste ich mich in drei Testrunden bei einem großen HR-Unternehmen durchsetzen. Erst in der fünften Runde, nachdem ich ein paar Hundert Bewerber hinter mir gelassen hatte, konnte ich schließlich Christian kennenlernen. Wir saßen in einem großen Büro dieses Unternehmens einander gegenüber, ich hatte leichtes Lampenfieber, und er fragte mich danach, was ich gerne lese. Und zwar in meiner Muttersprache, auf Serbisch. Ich sagte: »Shakespeare und die russischen Klassiker.« Wir tauschten ein paar Bemerkungen über Dostojewski auf Englisch aus, und dann fragte er mich ganz unverhofft: »Wenn wir jetzt in einem Flugzeug über dem Atlantik wären und wenn man Ratko Mladic festgenommen hätte«, (der zu jener Zeit noch auf der Flucht war), »wie würden Sie handeln?« Als er meine Antwort hörte, war er überaus zufrieden, und so kam unsere Zusammenarbeit zustande, die nun fast 18 Jahre dauert. Zusammen arbeitend haben wir die wichtigsten Momente der modernen Nachkriegsgeschichte am Balkan erlebt – zahllose Präsidentschafts- und Parlamentswahlen, Festnahmen von Kriegsverbrechern, Ableben von berühmten Persönlichkeiten, Gedenkfeiern auf großen Richtplätzen, terroristische Aktionen, die Migrantenkrise, Covid, Gerichtsprozesse am Haager Tribunal, politische Aufstiege und Abstiege von Führungspersönlichkeiten in der Region und viele andere wichtige Ereignisse, die unser Gebiet, aber auch die Ukraine geprägt haben. Es waren zwei Jahrzehnte, dynamische, manchmal auch dramatische Jahre, und ich freue mich auf all die Jahre, die noch vor uns liegen, und auf all die professionellen Herausforderungen, die noch auf uns warten.

Ich habe die Ehre, die Freude und das große Glück, dass ich bei jenem ersten Gespräch vor 18 Jahren die richtigen Worte ausgesprochen habe. Und dadurch habe ich die Gelegenheit bekommen, von dem Besten zu lernen, zu einem Teil dieses unglaublichen Teams zu werden, mit einem Mann zusammenzuarbeiten, der stets Grenzen verschiebt, der verschlossene Türen öffnet, der als Fremder hierhergekommen und als einer von uns dageblieben ist, der unter all den Berichterstattern aus dem Ausland, die jemals hier gearbeitet haben, den Balkan am besten versteht, der in die Poren dieses Gebietes eingedrungen und mit uns zusammengewachsen ist, indem er sämtliche Herausforderungen bewältigt hat. Das ist mein Chef und mein Freund, Herr Christian Wehrschütz.

Milan Vasilijevic
Montage
Serbien

Reportage mit Mozart

Wir sind der größten Flüchtlingswelle in Europa auf der Spur. Wie findet man einen ruhigen Ort, um den Text für die Fernsehansprache aufzunehmen? Vielleicht ist etwas Derartiges bei der Tankstelle zu finden. Das ist natürlich nicht einfach, weil dort über Lautsprecher Musik spielt. Doch vielleicht spielt auf den Toiletten keine Musik? Versuchen wir es dort. Nein, auch dort spielt Musik, nur ruhiger. Eine neue Idee bringt uns dazu, es in Wickelräumen für Säuglinge zu versuchen ... dort spielt die ruhigste Musik, Mozart für Kinder. Vielleicht bitte ich den Tankstellenmitarbeiter, die Musik für zwei Minuten abzustellen? Und schließlich Stille.

Aber wir haben keinen Anspruch auf ein Zugeständnis, wir haben wörtlich zwei Minuten bekommen. Dann spielt Mozart von Neuem. Vielleicht bitte ich denselben Mann um noch ein paar Minuten Stille, damit der Journalist seinen Text verlesen kann ... Und dann haben wir schließlich den Text vorgetragen, wir rasen weiter im Wagen, in dem wir weiter an der Montage der Geschichte arbeiten. So sieht eine Facette aus dem Alltag mit einem Mann aus, der den Titel »Journalist des Jahres« bekommen hat.

Nikola Brajovic
Kameramann und Produzent
Montenegro

Das ist mein Journalist

Als unser Vesko Jokic 2002 verstarb, ein Mann, der die Zusammenarbeit mit Christian aufgenommen hatte, hat sich Christian angeboten, uns bei den Bestattungskosten zu unterstützen. Das hat meine Wahrnehmung von Christian verändert, dass bei ihm, bei dem auf den ersten Blick die Arbeit so ziemlich an erster Stelle kommt, doch auch ein Mensch dahintersteckt, der immer bereit ist zu helfen.
Und der zweite Fall handelt vom selben Thema. Wir haben Aufnahmen bei einem montenegrinischen Mega-Discounter gedreht. Ich bin nach draußen gegangen, um ein paar Außenaufnahmen zu

machen, und habe Christian dabei ertappt, wie er von einer alten Frau, die gesundheitlich und materiell wohl ziemlich schlecht dastand und auf der Straße irgendwelche überflüssigen Kleinigkeiten verkaufte, ein volles Sackerl gerade dieser überflüssigen Kleinigkeiten wie Püppchen und ich weiß nicht was erstand. Natürlich hatte er diesen Kram absolut nicht nötig, er wollte vielmehr der alten Frau auf diese Weise helfen und ihr keine Almosen geben.
Und ein drittes Detail. Wir haben im Hotel Splendid Aufnahmen von einer Konferenz gemacht, welcher alle wichtigen offiziellen Vertreter von Montenegro beiwohnten. Christian war Diskussionsmoderator. Er eröffnete seine Moderation der Podiumsdiskussion mit einem sehr witzigen Spruch über die bestechliche Psyche unserer Landsleute. Natürlich war dies von allgemeinem Lachen und einem großen Beifall gefolgt. Das hat mich stolz gemacht und ich habe zu meinen Kollegen, den Kameraleuten, gesagt: »Das ist mein Journalist.«

Ben Andoni
Produzent
Albanien

In meiner eigenen Sprache

Wie bei vielen ausländischen Kollegen auch, dachte ich, Christian Wehrschütz würde mich bei unserem ersten Treffen nach den Themen fragen, die Ausländer an Albanien am meisten interessieren: Kriminalität, eingeschworene Jungfrauen, Bunker ... Wehrschütz aber zeigte mir offen seine wahren Interessen und indirekt auch seinen multikulturellen Plan für Albanien. Zunächst begrüßte er mich in meiner eigenen Sprache und machte mir vor allem klar, dass er mein Land seit Jahren kennt, nicht nur von der Sprache her, sondern auch seine Gewohnheiten und seine Geschichte. Er hatte Albanien an jeder Ecke berührt, seine Interessen gingen über die üblichen Stereotypen hinaus. Die Tatsache, dass er das Land politisch, sozial, wirtschaftlich und kulturell kannte, bedeutete einen Mehrwert für die Nachrichten, die er aufgrund der Interessen der internationalen Öffentlichkeit für sie zusammenfasste, wobei er jedoch versuchte, das Beste für Albanien herauszuholen.

Im Laufe der Jahre hat Wehrschütz in zahlreichen Gesprächen sein enormes Interesse an den Albanern nie aufgegeben, ganz zu schweigen davon, dass er seinen Einsatz so gestaltete, als wäre er 24 Stunden am Tag in Albanien stationiert. Er hat von den schwierigsten und seltsamsten Situationen in Albanien berichtet, als seine ausländischen Kollegen in Hotels vegetierten und Situationen erfanden.
Im Zeitraum nach den 90er Jahren hat er sämtliche Protagonisten aus dem Bereich der Politik, der Wirtschaft und der Gesellschaft interviewt und seine originellen und fairen Reflexionen über Albanien weitergegeben. Andererseits war er immer fair und vermochte es, in den schwierigsten Momenten die Stimmung innerhalb des albanischen Teams zu beschwichtigen und zu demonstrieren, was Gruppenarbeit bedeutet. Die Zusammenarbeit mit ihm ließ die albanische Gruppe etwas Neues lernen, doch sie diente auch als wertvoller Wissensaustausch. Ich glaube, dass dieses Interesse bei ihm nie nachlassen wird, denn es ist die Sprache, es ist der Mut, die Courage und vor allem der ausgeprägte Instinkt des Berufsjournalisten, der den Bürger Wehrschütz nicht gleichgültig sein lässt. Und da ist noch sein ausgeprägtes journalistisches Ehr- und Respektsgefühl, das diesem ORF-Kollegen immer einen Platz in den höchsten Reihen des internationalen Journalismus freihalten wird.

Andrej Suvacarov
Kameramann
Kroatien

Wir haben Sachen gemacht …

Christian ist ein Spitzenjournalist mit einer ganz besonderen Energie, die sich nicht beschreiben lässt, doch vor allem jemand, der viel Wissen und Erfahrungen mitbringt, von dem man sehr viel lernen kann, und zwar sowohl über die Arbeit als auch über das Leben. Er ist ein großer Initiator, voller hervorragender Ideen, aus denen sich dann die Geschichten ergeben, die er zu ganz besonderen Reportagen verwandelt. Wegen seinem Enthusiasmus haben wir Sachen gemacht, die wir mit keinem anderen hätten machen können, wie Videoaufnahmen auf der Seilrutsche, auf Skiern oder ähnliches. Ohne ihn hätten wir auch viele spezielle Orte und interessante Menschen nicht besucht oder getroffen. Noch etwas, was von Christians Erfolg zeugt, sind die Menschen, mit denen er sich umgibt, wie Ljubica und Tanja, die mit ihrer Organisation und Kommunikation alles daransetzen, uns die Arbeit vor Ort zu erleichtern, aber auch Mica, der aus unseren Aufnahmen das Beste in der Montage herausholt.

Mit festem Händedruck

Jasmin Suvalija
Kameramann und Produzent
Bosnien-Herzegowina

Ich kann mich nicht einmal mehr daran erinnern, wie lange ich Christian schon kenne und mit ihm zusammenarbeite. Ich würde sagen, 18 Jahre. Viele Geschichten liegen hinter uns, wir haben viele Kilometer zurückgelegt, alle Jahreszeiten und Witterungsverhältnisse, aber auch alle möglichen Stimmungslagen. Jedes Mal, wenn Christian nach Bosnien-Herzegowina kommt, bricht eine neue Geschichte an, eine neue Herausforderung, die durch meine Kamera und seinen langjährigen Journalistenstil geschildert wird. Obwohl ich diesem Job bereits jahrzehntelang nachgehe, konnte ich jedes Mal noch etwas Neues von ihm dazulernen. Besonders fasziniert mich Christians Energie. Auch nach so vielen Jahren ist dieser Mensch in gleichem Maße zu jeder Geschichte motiviert. Als Leser schlägt man das Buch nicht jeden Tag aufs Neue auf, und das gibt mir eine Gelegenheit, ehrlich zu sagen: Obwohl wir nicht immer einer Meinung waren, sind wir stets mit einem festen Händedruck auseinandergegangen, um dann bei einer neuen Geschichte wieder zusammenzukommen. Ich gratuliere dir, Christian, du dickköpfiger, wohlmeinender Störenfried!

Ljubica Vuckovic-Drageljevic
Office Managerin
Serbien

Speed kills!

Das Leben der Menschen in den Ländern des ehemaligen Jugoslawien, am gebirgigen Balkan, lässt sich vielleicht durch zwei Worte beschreiben, die uns von den Türken hinterlassen wurden: Bal – Kan (*dt.* BLUT und HONIG).

Für ein Gebiet zuständig zu sein, das in acht Staaten unterteilt ist, ist an sich schon ein Abenteuer. Und sollten Sie in einigen dieser Länder nur einen Buchstaben in einem Wort abändern, könnten dies die Gastgeber als Missachtung ihrer Sprache und Provokation auffassen, weil die Unduldsamkeit unter den Völkern groß ist, wobei die sprachlichen Unterschiede dabei oft minimal sind.

Ich erinnere mich an eine Situation zu Beginn unserer Zusammenarbeit; er (C.W.), gegen Ende des Werktages, ein wenig müde, und ich – immer noch darauf erpicht, mich zu beweisen. Ich habe mich beeilt, so schnell wie möglich eine der Aufgaben zu erledigen und Kontakte und Lebensläufe der Gesprächspartner zusammenzutragen.

Unzufrieden, weil ich es nicht ganz geschafft hatte, und ein wenig frustriert reichte ich ihm den Ordner und erklärte dazu, dass alle verlangten Lebensläufe da seien, es fehle nur der letzte, den er haben wollte, der Lebenslauf eines gewissen Herrn Zbid Gils, und den konnte ich nirgendwo auftreiben.

Er blickte mich an, begriff, wovon ich sprach, und lachte: »Und genau das ist Ihr Problem, es gibt keinen Herrn Gils. Ich habe, weil ich Sie kenne, einfach gesagt: ›Speed kills!‹, damit Sie nicht wieder so daherrasen, was Sie übrigens gerade erneut getan haben.«

Und er hatte recht, so war ich.

Christian Wehrschütz kann Menschen gut einschätzen, sowohl seine Gesprächspartner als auch seine Mitarbeiter, und er holt aus jedem das Maximum heraus.

Alles, was weniger als das wäre, ist für ihn nicht annehmbar.

Nenad Dilparic
Kameramann
Ukraine/Serbien

»Komm, Nenad, wir gehen drehen!«

23.02.2022. Dorf Novohnativka, Umgebung von Donezk. Wir filmen einen Beitrag mit ein paar Anwohnern, die an der Frontlinie leben. Das Dorf steht täglich unter Beschuss durch Projektile aus Granatenwerfern.
Wir haben eingestürzte Häuser, die Schule und Granatenkrater aufgenommen und sind schließlich im Dorfzentrum stehen geblieben. Ich habe einen leeren Kinderspielplatz und das nach einem Einschlag zurückgebliebene Kulturheim gefilmt. Ich wende die Kamera, um Christian bei einem Gespräch mit ein paar Anwohnern zu filmen, da schlagen in unserer Nähe zwei Granaten ein, und alle stürzen zu Boden.

Nach der zweiten Explosion rennen wir auf das Auto zu und ziehen uns aus dem Dorf zurück. Ein paar Kilometer weiter, auf einer Anhöhe im Zentrum eines anderen Dorfes, erblicken wir schließlich Angehörige einer OSCE-Mission, die mit Ferngläsern beobachten, von wo geschossen wird, und die abgefeuerten Projektile zählen.
Nach einer so stressigen Situation meint Christian zu Igor: »Halt das Auto an! Komm, Nenad, wir gehen drehen!«
Wir arbeiten weiter, als ob wir nicht noch vor ein paar Minuten in unmittelbarer Nähe von Detonationen auf dem Boden gelegen wären.
Das ist Christian im Einsatz.

Vlatko Mrkonjic
Fahrer
Serbien

»Mit oder ohne?«

Vor etwa zehn Jahren fahre ich die Fahrbahn entlang, Richtung Skopje. Neben mir der Chef, er tippt etwas auf seinem Laptop. Die Grenze überqueren wir rasch, kein Stau, und das weist darauf hin, dass wir es problemlos rechtzeitig zu unserem Bestimmungsort schaffen. Ein wohlbekannter Weg, Tankstelle, Kumanovo und die erste Mautstation. Ich halte das im Voraus abgezählte Geld in meiner Hand und bremse langsam ab.
»Willst du MIT oder OHNE«, meint der Schnauzbart aus der Mautstation zu mir.
»Mit«, erwidere ich ohne nachzudenken.
»Das macht dann 60 Denare«, sagt er zu mir.
Ich gebe ihm das verlangte Geld und nehme den Beleg entgegen. »Sag mal, mein Freund, was bedeutet MIT und was OHNE?«
»Aaaaaa«, erklärt er, »wenn du OHNE gesagt hättest, hättest du nur 30 Denare gezahlt und du hättest keinen Beleg gebraucht. Die Hälfte für dich, die Hälfte für mich. Toll, nicht? Auf dann, bis demnächst!«
Ich fahre weiter. Ortsschild Skopje. Aufgabe erfüllt.

Alexander Alekseev
Kameramann
Kiew

Er kann 25 Stunden an einem Tag arbeiten

Seit 1995 bin ich als Kameramann tätig und seit 2014 arbeite ich im ORF-Zentrum Kiew unter der Leitung von Christian Wehrschütz.
Als ich Christian kennenlernte, war ich sehr überrascht von seinen professionellen Qualitäten, die mich bis heute beeindrucken. Im Laufe meiner Zeit beim Fernsehen habe ich mit vielen Menschen gearbeitet, doch niemals zuvor hatte ich einen solch professionellen Journalisten wie Christian Wehrschütz kennengelernt.
Er spricht über sieben Sprachen und kommuniziert fließend in ihnen allen. Er kann 25 Stunden an einem Tag arbeiten, ohne sich müde zu fühlen, solange er das tut, was er liebt. Im Jahr 2014 wurde er verdienterweise zum Journalisten des Jahres gewählt. Ich bin dankbar, die Gelegenheit zu haben, mit Christian zu arbeiten, denn ich kann für meine Tätigkeit beim Fernsehen viel von ihm lernen.

Mariana Manko
Administration
ORF-Zentrum Kiew

Er hat Tausende gelesener Bücher im Kopf

Ich arbeite seit 2019 mit Herrn Wehrschütz. Mit ihm zu arbeiten gestaltet sich immer interessant und dynamisch. Dank Christian Wehrschütz herrscht im Büro eine unbeschreibliche Energie, denn er ist stets bestrebt, Themen aufzugreifen, die von Interesse für die Gesellschaft sind, sowie Bücher und Artikel zu verfassen, die eine realistische Darstellung von Situationen und Ereignissen zum Ziel haben. Es ist erstaunlich, dass er die Hindernisse und Gefahren, angesichts derer er arbeitet, nicht fürchtet.
Es gibt viel zu lernen von Herrn Wehrschütz, zuvorderst sein Selbstvertrauen und das Verfolgen seiner Ziele, ungeachtet aller Umstände; die Redensart »Nichts ist unmöglich« beschreibt zweifellos ihn. Christian Wehrschütz zählt zu jener Sorte Workaholics, die niemals aufgibt und stets professionell vor-

angeht. Er hat Tausende gelesener Bücher in seinem Kopf, welche er erfolgreich im passenden Moment aus seinem Wissensschatzkästchen zieht.
Es ist schön zu sehen, wie sehr er seine Ehefrau, seine Kinder und Enkeltochter liebt – wenn er über sie spricht, hat er dieses gewisse Funkeln von Liebe und Stolz in seinen Augen; seine Gedanken sind immer bei seiner Familie.
Für mich als Ukrainerin ist die Tatsache, dass Christian Wehrschütz in meiner Erstsprache mit mir kommuniziert, sehr wertvoll, denn er hat ein Prinzip: »Wenn du in einem Land arbeitest, musst du die dortige Landessprache beherrschen.« Mehr als einmal erhielt ich nach Organisation eines Interviews überaus positives Feedback, dass der Österreicher so fließend Ukrainisch spricht.
Ich bin dankbar, Teil seines Teams zu sein, und wünsche ihm viel Erfolg für seine weitere Arbeit.

Editorische Hinweise

Um seinen Leserinnen und Lesern eine leichtere Lesbarkeit zu gewährleisten, bevorzugt Christian Wehrschütz folgende Schreibweisen, die von der offiziellen Diktion abweichen können:

- Verzicht auf Sonderzeichen bei Namen und Städten
- Bevorzugung der Schreibweise, die dem Deutschen am ähnlichsten ist
- Bevorzugung der Schreibweise, die der Aussprache entspricht, die die lokale Bevölkerung verwendet
- Bevorzugung des Buchstaben »i« vor dem »y«
- Lesbarkeit geht in allen Fällen vor Transkription

Zu den einzelnen Städtenamen und zur Schreibung von Personennamen verweisen wir auf das Glossar.

In diesem Sinne ist auch der Verzicht auf eine gendergerechte Ausdrucksweise zu verstehen, der in der Lesbarkeit der Texte begründet ist und keinerlei Wertung beinhaltet.

Glossar

Ortsnamen

Schreibung im Originaltext Wehrschütz	Abweichende offizielle Schreibweise
Agram	Zagreb
Antrazit	Antrazyt
Ban-Jelasic-Platz	Ban-Jelačić-Platz
Elenovka	Oleniwka
Kominternovo	Kominternove (Pikuzy)
Laibach	Ljubljana
Lugansk	Luhansk
Medjugorje	Međugorje
Nis	Niš
Novotroitske	Nowotrojizke
Rivne	Riwne
Sevastopol	Sewastopol
Sipkovica	Šipkovica
Sremski Karlovac	Sremski Karlovci
Stanica Luganska	Stanyzja Luhanska
Tabanovce/Presevo	Tabanovtse/Preševo
Tschernowitz	Czernowitz
Ugledar	Wuhledar
Uschgorod	Uschhorod

Personennamen

Schreibung im Originaltext Wehrschütz	Abweichende offizielle Schreibweise
Djindjic, Zoran	Đinđić, Zoran
Djukanovic, Milo	Đukanović, Milo
Grabar-Kitarovic, Kolinda	Grabar-Kitarović, Kolinda
Jakovljevic, Milica (Pseudonym Mir-Jam)	Jakovljević, Milica
Jansa, Janes	Janša, Janez
Janukowitsch, Viktor	Janukowytsch, Wiktor
Karadjic, Radovan	Karadžić, Radovan
Karic, Bogoljub	Karić, Bogoljub
Klimkin, Pavlo	Klimkin, Pawlo
Kostunica, Vojislav	Koštunica, Vojislav
Markovic, Mira	Marković, Mirjana
Mesic, Stipe	Mesić, Stjepan (»Stipe«)
Milosevic, Slobodan	Milošević, Slobodan
Mladic, Ratko	Mladić, Ratko
Okhendovskyj, Michael	Okhendovskyj, Mykhailo
Putin, Vladimir	Putin, Wladimir
Racan, Ivica	Račan, Ivica
Selenskij, Volodimir	Selenskyj, Wolodymyr
Thaci, Hashim	Thaçi, Hashim
Vucic, Alexander	Vučić, Aleksandar

Weitere Begriffe

UCK	UÇK
Schatar Donezk (Fußballklub in Donezk)	Schachtar Donezk
Griwna (ukrainische Währung)	Hrywnja